夢をかなえるゾウ1

水野敬也

文響社

夢をかなえるゾウ　1

挿画　矢野信一郎

装丁　池田進吾・千葉優花子（next door design）

これは、ちょっぴり不思議なお話である。

「おい、起きろや」

聞きなれない声に目を覚ました僕は、眠気で重いまぶたをゆっくりと持ち上げた瞬間、眼球が飛び出るかと思うくらいの衝撃を受けた。

なんだ、コイツは⁉

枕元にヘンなのがいる。ゾウのように長い鼻。鼻の付け根からのぞく二本の白い牙（片方の牙はなぜか真ん中あたりで折れている）。そしてぽってりとした大きな腹を四本ある腕の一つでさすっていた。

こんなやつが。

長い鼻をゆらーりゆらーりと揺らしながら、目の前に座っているのである。昨日、たまたま家に泊まっていった同級生みたいな感じで。

直感的に、「ああ、これは夢だな」と思った。まだ夢の中にいるのだ、きっと。僕はよく夢を見る。いつも眠りが浅いせいかもしれない。眠りが浅いと疲れが取れない気がするし、その上こんな化け物と遭遇《そうぐう》するなんてつくづく嫌な体質だと思う。でも、僕は開き直ることにした。夢だと分かれば恐れることはない。

「お前、だれ？」

大胆にたずねてみた。すると化け物はふん、と鼻を一つ鳴らして言った。

「だれやあれへんがな。ガネーシャやがな」

そして「タバコ、吸うてもええ?」と言いながら、僕の返事も待たずに、丸テーブルの上に置いてあるタバコの箱から一本取り出すと火をつけた。やつが手にしている黄色の一〇〇円ライターに見覚えがあった。というか、それ僕のだ。

ガネーシャと名乗った化け物は、六畳一間の低い天井に向かってぷはーと煙を吐《は》きながら言った。

「で、覚悟でけてる?」

「は?」

「いや、『は?』やあれへんがな」

頭がずきずきする。二日酔いだ。まだ残っている酒と寝起きとでくらくらとめまいがする。(なんでこいつは関西弁なんだ?)そんなことを考えながら化け物をうつろな目でながめていた。その時僕は不思議なことに、こいつ、どこかで見たような気がするなあと思ったけど、それがいつ、どこでなのか思い出すことはできなかった。

いずれにせよ。

もう少ししたらこいつは消えていなくなるだろう。なんてったって、これは夢なんだから。

「夢ちゃうで」

突然、強い口調でガネーシャが言ったのでびっくりした。こいつ、人の心が読めるのか？

「もっと見ようや、現実を」

何の話だ？

「自分、そんなことやから、『夢』を現実にでけへんのやで」

なんなんだこいつは。あーなんか腹立ってきた。もういいや、寝よ寝よ。面白そうだったからちょっと付き合ってやろうかと思ったけど、急激にムカついた僕は、朝の眠りを再び楽しむべく化け物にプイと背中を向けた。

あ。

その時だった。

突然、僕はその化け物のことを思い出してしまったのだ。

「いや、そんなはずは……」

僕の額からは嫌な汗がじと～っと流れた。さっきまで「これは夢だ」と思っていた。でも今となっては、「夢であってほしい」という願望に変わっていた。

僕は、どうやらこの化け物のことを知っている！

ゆっくりと顔の向きを変えながら、恐る恐る部屋の中を見回した。いつもは電話台の横に置いてある手のひらサイズの置き物。三か月まえにインドへ旅行に行ってきた時になんとなく買ったゾウの神様（お土産売り場にやたらめったら売っていた）が床に転がっていた。

まさか、そんなはずが……しかし、目の前にうごめいている化け物は、どこからどう見ても、その神様とまったく同じ姿をしていた。急に怖くなって僕は頭から布団をかぶった。

「やっと思い出したようやな」

勝ち誇ったような声がした。ボッとライターに火がつく音がする。ガネーシャは二本目のタバコを吸いだしたようだ。

「で、もう一回聞くねんけど」

一息ついてからガネーシャは言った。

「覚悟、でけてるわな？」

自分の目で確認することはできないけど、きっとその時の僕はいわゆる顔面蒼白になっていたに違いない。

＊

赤坂のハイタワーマンション（名前は忘れてしまった。でも聞いたことがあるような名前のマンションだった）でそのパーティーは開かれていた。五〇人くらい住めるんじゃないかと思うような大きな部屋。バーカウンターとかビリヤードとか、板チョコみたいに平べったいプラズマテレビとか、お店にしか置いてないようなものばかりが並んでいる。窓の外にはオレンジ色に輝く東京タワー。雑誌やテレビでよく取材されているカワシマという名前の実業家（なんとこの人はジェット機なんて持っているらしい）の誕生日パーティーだった。会社の先輩がカワシマという人のトモダチらしくて誘われたと言っていたが、実際のところはトモダチでも何でもなくて、ただ一回名刺交換したことがあるだけで、この誕生日パーティーにも、無理やりもぐりこんだ形だった。

何冊も本を出しているような成功した実業家、テレビタレントやプロ野球選手。雑誌のグラビアで見たことがあるモデルやアイドルの卵のようなきれいな女性たち。

今まで足を踏み入れたことのない、華やかな世界だった。

僕たちはその華やかな世界の片隅で、誰にも声をかけず、そして当然、誰からも声をかけられず、何ていうか、僕たちの存在自体がその場で否定されているような感覚をずっと味わいながら、細長くて持ちづらいシャンパングラスに入った酒をちびちび飲んでいた。

帰り際、先輩が言った。

「でも芸能人とか見れてよかったよな！」

よかったどころか、死ぬほど嫌な気分で僕は自宅に着いた。

＊

「自分、昨日めっちゃ泣いとったで」

ガネーシャはなぜか宙にふわふわと浮かんでいる。

「号泣しながら言うてたやん、『変わりたい』て」

昨晩の記憶を思い出すにつれ、顔が火照《ほて》っていくのが分かった。確かにパーティーが終わった後、自宅に帰ってきた僕は自分の住む部屋とあのパーティー会場のあまりの違いにがく然として、むしゃくしゃして、冷蔵庫から発泡酒を取り出して同時に二本の封をあけた。四本目にさしかかったあたりから、ガネーシャの置き物が妙に気になりだした。僕がこんなに悩んでるのに、何を優雅に座ってやがるんだコイツは！　僕は右手でガネーシャの頭を乱暴につかむと、机の上に持ってきた。

酔った勢いで、わけの分からないことを口走った気がする。

俺も昔は結構すごかったんだよ。小学生の時とか、リレーの選手になったりしたし、成績だっていつもクラスで上の方で。それなりに名の通った大学に入ったし、今の会社に内定した時も親は喜んでくれた。大学行かないやつだっているし、今じゃ働かないニートなんてやつらもいる。それに比べたら頑張ってるほうだ。

でも、なんか今の俺、すげー普通。すげー普通の会社員。「普通が一番難しい」なんていうけど、嘘《うそ》だね。だって多いから普通なんだよ。多いってことはそれだけ簡単だってことだろ？　簡単だから多いんだろ？　ぶっちゃけた話、やっぱりああいう華やかな世界見せられたら、羨《うらや》ましいって思うし。ああいう場所だと今の自分めちゃくちゃみじめだし。なんだかすごくナメられてる感じしたし。こっち側かあっち側でいったら、やっぱあっち側行きたいし！　めっちゃ行きたいし！　おい、ガネーシャ！　お前神様なんだろ！　なんとかしろよ。今の俺のこんな感じ、なんとかできるだろお前だったら！　おい、コラ！

ひとしきりガネーシャに毒づいたあと、

「なんでもしますから」

と泣きながらガネーシャの置き物に何度か頬《ほお》ずりをした。

……ような気が、する。


「で、どないすんねん」

「どないする、とおっしゃいますと？」

「いや、せやから……話聞いとった？　自分、変わりたいの変わりたないの？　どっち？」

「そ、そりゃ変われるものなら変わってみたいですけど」

そう口にして僕はうつむいた。

思えばこの時から僕は少しおかしかった。目の前でふんふん鼻を鳴らしている奇妙な化け物がいるのに、僕は、自分について、固い言葉でいうなら自分の人生について、妙に真剣に考えてしまった。これもガネーシャの持つ不思議な力なのかもしれない。

このままで終わりたくないと思っている。お金持ちになりたい。ちやほやされたい。成功したい。有名になりたい。なにか、こう、自分にしかできないような大きい仕事がしたい。今のままじゃダメだ。それは分かってる。でも、「変わる」って。口にするのはとても簡単だけど、実行するのがこんなにも難しい言葉はないんじゃなかろうか。だいたいインド行ったのだって、会社にこき使われるのと、上司のダメ出しが嫌になって「俺は人生変える！」なんて無理やり有休を取って、鼻息荒くして行ったのだ。あれはあれで僕にとって一世一代の決断だった。

——そして今、インドに行く前とまったく変わらない生活を送っている僕がいる。

そんな僕を僕はまた少し嫌いになりかけていた。

しかも、
それがはじめてじゃなかった。

今まで、僕は何度も何度も、変わろうと決心してきた。目標を決めて毎日必ず実行しようと思ったり、仕事が終わって家に帰ってきてからも勉強しようとするのだけど、でもだめだった。「やってやる！」そう思ってテンションが上がってる時はいいけれど、結局何も続かなくて、三日坊主で終わってしまって、もしかしたら「やってやる！」って思った時より自分に対して自信を失っていて……そんなパターンばっかりだった。

変わりたいと思う。

でも、いつしか「変わりたい」という思いは、「どうせ変われない」という思いとワンセットでやってくるようになっていた。


「その心配は無用や」

突然、ガネーシャが口にした言葉に僕は驚いた。

「今回は『ガネーシャ式』やから」

ガネーシャ式？　なんだそれ。

「ぶっちゃけた話、自分、しょぼいやん？」

しょ、しょぼい？

「自分みたいに、いっつもぐだぐだしてて自分で決めたことも実行でけへんしょうもないヤツでも、できる感じにケアしたるから、その辺はワシにまかせとき」

はあ……？

僕はガネーシャの言ってる言葉の意味がよく分からなくて、ぽかんとした顔をした。

「自分、ワシのこと疑《うたご》うてるやろ？」

「いやあ、まあ、そういうわけでは……」

「ほんならワシについてくるか？」

「それはちょっと……」

「どないやねん！　何が問題やねん！」

何が問題かと言われれば、もうそれはガネーシャの外見だけをとっても、不安要素だらけであり、「変わる」「変わらない」なんて問題はおいといて解決しなければいけないこと（なんでお前は宙に浮いているんだ？　とか）が山積みなはずだけど、まるで僕の口は誰かに操られているかのように、こんなことを話していた。

「やっぱり、『変わる』のって難しいと思うんですよ。人間って変われない生き物じゃないですか」

するとガネーシャは大きなため息を一つついて言った。

「自分、全然分かってへんわ」

「何がですか？」

「自分みたいな初心者の中の初心者にはどっから説明したったらええかなあ」

ガネーシャは手であごをさすりながら言った。

「……せやな、たとえば、ニュートンくんておるやろ？」

「ニュートンクン？」

「そ、ニュートンくん」

「いや、分からないです」

「え⁉ 自分知らんの⁉ アイザック・ニュートンやで」

「アイザック……。ニュートン！ そんなの知ってますよ。めちゃくちゃ有名人じゃないですか。万有引力を発見した人ですよね」

「そや。そのニュートンや。彼も基本的にワシが育てたんやで」

「……冗談はやめてください」

「誰も冗談なんか言うてへんわ。だいたい、重力のこと教えたったのもワシやがな。あの子全然気いつけへんから、リンゴ落としたったんや。その落としたリンゴにも気いつかなんだから、結局、三回リンゴ落としたったもん。勘の悪い子やったで」

「……」

「なんで絶句やねん。ワシ神様やし。それくらいやるし。だいたいやなあ、歴史上のキーパーソン育てたんは、ほとんどワシやで。モーツァルトもピカソも孔子もナポレオンもニーチェもエジソンも……最近で言うたら、ビル・ゲイツくんなんかも、基本的にはワシやな」

「……」

「そやから絶句すな言うてんねん。そんな歴代の偉人育ててきたワシのコーチ受けられるんやから、自分みたいな小粒な人間変えんのんなんか簡単やがな。だいたい、自分の目指しとるレベルなんてたかがしれとるやろ。天下統一とか目指しとるわけやあれへんのやろ？　年収が倍になるとか、パーティー行ったら、ちやほやされるとか、そんなんやろ？　余裕やで」

「……マジすか」

「マジもなにも大マジや。ラッキーやな、自分」

もう、何がなんだか分からなくなってきた。っていうか、こんなやつと普通に話してる時点で、根本的に何がなんだか分からないのだ。だったらいっそのこと、このおかしな生き物のおかしな話に乗ってやるのも悪くない、そんな大胆な考えがふと頭の片隅をよぎった。

「で？　どないすんの？」

首をくねくねとさせながら大きな顔を近づけてくるガネーシャに、少し真剣な眼差《まなざ》しを向けると言った。

「変われるなら、変わりたいです」

その言葉を聞いた瞬間、待ってましたと言わんばかりに、ガネーシャは鼻を天に向けパオーン！　と大きな声で吠《ほ》えた。すると、どこから現れたのだろうか、一枚の紙がひらひらと揺れながら舞い降りてきた。


「サインして」


ガネーシャは、空から舞い降りてきた紙を器用に鼻の上にのせると僕に差し出した。

「な、なんですか、これは」

「契約書やがな」

「契約書……」

「だから、さっきから何度も確認しとるやろ。『覚悟はできとるんか』ちゅうて」

紙の上には、見たこともないような文字がずらずらと書かれている。

「あの……ち、ちなみにここにはなんて書いてあるんですか」

「あ、これ?」

ガネーシャは契約書を手にとると、僕に見せながら言った。

「これはやな、今からワシの言うことをたった一度でも聞かんかったら、もう一生、何かを夢みることなく、今までどおりのしょうもない人生をだらだら過ごして後悔したまま死んでいきます、いう誓約や。だってそうやろ? ワシが教えるんは、自分が変わるために一番簡単な方法やもん。それでも無理やったら、そら一生無理やろ。せやから、ワシの言うこと聞かんかった場合は、自分の将来に対する『希望』をな、代わりにごっそりいただくわ」

寝起きの眼で見ていたからだろうか、今までぼやけていたガネーシャの輪郭《りんかく》が、表情の隅々まで急にはっきり見えた気がした。

「ワシ、『希望』集めてんねん。全然モノにならんやつから『希望』集めて、筋のええ子に全部あげてんねん。そないしてえこひいきしとんねん。だからスゴいヤツってめっちゃスゴなるし、ダメなやつは徹底的にダメになんねん」

「な、なんでそんなことしてるんですか?」

「ワシの趣味やねん」

そう言ったあとガネーシャは、だってスゴい子がどんだけスゴなるか見てみたいやんかあ、と言いながら冷蔵庫まで歩いて行き、僕に何の断りもなく扉を開いた。

朝からいろいろなことが起きすぎていて、頭が混乱している。っていうか、やっぱり僕はまだ目を覚ましていなくて、目の前で起きている出来事はすべて夢なのではないか？というより、そっちの可能性の方が圧倒的に高いのだが。

ただ。

ガネーシャと話している時からずっと心にひっかかっていたことがあった。それは、今まで、恥ずかしい思いをしたり、嫌な思いをしたりするたびに、今の自分を変えたいと思ってきたけど、結局一晩寝たら、なんとなくどうでもよくなって、何か新しいことをはじめるのが面倒くさくて、まあいっかって、いつもそうやって忘れて今日まで生きてきたんだけど、でも、心のどこかでは、いつか変わらなければ、何かを変えなければ、とりかえしのつかないことになるんじゃないか、そんな予感がずっとしていた。会社の同僚と酒を飲んでいても、友人と遊んでいても、なんだかまだ大事な仕事を残してきているような、やらなければならない仕事があるような感覚があるから、心から楽しめなくて、でも、どうしていいか分からなくて、その感覚に蓋《ふた》をして何年も生きてきた。

「きっかけさえあれば」いつも、そう思っている。まだそのきっかけが僕には来ていないだけなんだ、そう自分に言い聞かせてきた。……でも、本当は「きっかけ」なんてたくさん転がっていて、恥ずかしい思いをしたり嫌な思いをしたりした時がそれだったのかもしれないけど、そのきっかけを、僕は今までずっと素通りしてきたんだ。だからこのままでは「きっかけ」なんて来ない。それが「きっかけ」であることを決めるのは、今この瞬間の僕なんだ。

目の前のガネーシャは、僕の、そんな思いが見せている幻なのかもしれなかった。

「あ、あとワシのこと誰にも言わんといてな」
そう言ってガネーシャは鼻を鳴らした。
「ほら、ワシ有名やから、見つかるといろいろ面倒やねん。『握手してください』的なこと言われるし」
ガネーシャはそう言いながら、僕が朝食用に買っておいたヨーグルトを何の断りもなく取り出すと、封を開けて言った。

「スプーンある?」

こんなのについていって大丈夫か?
僕は猛烈に不安になりながらも、台所の引き出しをあけスプーンを取り出した。スプーンを受け取ったガネーシャは言った。

「おおきに」

得体の知れないやつの得体の知れないやり方で何かを変えようとするなんて、自分で言うのもなんだけど、正気だとは思えなかった。しかも、神様を名乗るこの生き物は、まだ僕の味方なのか、敵なのかも分からない。だいいち、こいつうさん臭すぎる。

どれだけ考えても結論を出せなかった僕は、ええい！　と立ち上がった。

こんなの、シラフでやってられるか！

僕はズカズカと大股で冷蔵庫まで歩き、チューハイを取り出してぐびっと一口に飲んだ。

「お、朝から景気ええええなあ！」

ガネーシャはけたけたと笑っている。

うえっぷ。

二日酔いに迎え酒をして、また吐き気が襲ってきた。もどしそうになって口を手でおさえながら、僕は、机の上に転がっていたボールペンをつかんだ。

本書の使い方

今日からあなたには、ガネーシャから出題される課題を、毎日一つずつ実行してもらうことになります。ガネーシャの課題は必ず「一日」で実行できるものになっています。

これらの課題は、ガネーシャの言うとおり、それほど難しいものではありません。しかし、あなたの人生を大きく変えるほどの効果を持つものです。あなたの夢や目標（お金持ちになりたい、有名になりたい、自分にしかできない大きな仕事がしたい、自分の持つ才能を充分に発揮したい、成功したい……）を実現するための能力を身につけることができるでしょう。

これらの課題の中には一見、「そんなことをして何の意味があるのだろう？」と疑問に思うようなものがあるかもしれません。単なる迷信か、非科学的な内容だと感じられるものもあるかもしれません。

しかし必ず実行してください。

これらの課題はガネーシャの言うとおり、過去に大きな仕事を成しとげた偉人たちが通過した課題でもあります。実行し、その効果を実感してください。

もし、あなたが実行しない場合は、ガネーシャとの契約が履行されてしまうことになるかもしれません。

さあそれでは一度、大きく深呼吸をして。

ガネーシャの課題にとりかかりましょう。

1

「ホンマにええんやな？」

ガネーシャは僕の顔をのぞきこむようにして言った。

「よろしくお願いします」

不安がないわけではなかった。いや、むしろ不安だらけと言っていいだろう。ゾウの頭、ぼってりとたるんだ腹、勝手に人の家のものを使う、場合によっては食う、そんな神々《こうごう》しさのかけらもないような神様（自称）に、僕を変えるだけの力があるのだろうか？

でも、とにかくやってみるしかない。やってみてダメだったらその時また考えればいいじゃないいか。

「ええ心がけや」

ガネーシャがゆっくりとうなずいた。

「さて。そんならぼちぼちはじめるけど……その前に一つ、ええかな？」

いよいよだ。僕は唾《つば》をごくりと飲み込むと言った。

「はい。なんでしょう」

ガネーシャは言った。

「神様に教えを請《こ》うには、何か足らへんよね？」

——いきなり要求ですか。

まあ一筋縄でいかないとは思っていたが、のっけからきた。

こんな時、何を差し出せばいいのだろうか？

お金か？

でもお金なんて全然持ってないし、正直、もったいない。絶対にあげたくない。

しばらくの間考えた僕は、部屋の隅に無造作に投げ捨てられている段ボールの中から
（いくらなんでも、これじゃあなあ……）と不安に思いながらも、ある物をガネーシャに差し出した。

「なんや、これは？」

「これは、その、『あんみつ』です」

「あんみつ？　あんみつてなんや？」

ガネーシャは、あんみつの容器を受け取るといぶかしそうな表情でたずねた。

（神様のくせにあんみつも知らないのか？）

そう思いつつ、一応僕はあんみつについて説明した。

「あんみつというのは、日本のお菓子です。親戚が和菓子屋なので、たまに送られてくる

んです。まだいくつか残っているので……もしよかったら」

そう言いながら、僕はガネーシャが怒り出すんじゃないかとハラハラしながら見ていた。しばらくの間、ガネーシャはあんみつと僕の顔を交互に見合わせていたが、僕の手からスプーンを奪うと、恐る恐るあんみつを口の中に運んだ。

「……うま」

ガネーシャの手の動きは次第に早くなり、スプーンはあんみつとガネーシャの口の間を何度も素早く往復した。

「なんやこれ、めっちゃうまいやん。めっちゃうまいやん！」

ものの数秒間であんみつの容器は空になった。その容器を手にしたまま、ガネーシャは無言でじっと僕を見つめた。その眼光は異常に鋭く、強烈に何かを訴えかけていた。

僕はすぐにもう一つあんみつを持ってきてガネーシャの目の前に置いた。ガネーシャはもの欲しそうな目であんみつをながめたあと、チラッと僕を見て言った。

「ええのん？」

「どうぞ」

ガネーシャは、わあっとあんみつに両手を伸ばしすぐさま蓋を開けスプーンを突っ込んだ。先ほどよりさらに勢いを増してあんみつを食べている。「うまぁ、うまぁ」と目を細めてあんみつを口にかきこんでいく。

またたく間に、容器は空になった。

僕はその様子をじっと見守っていたが、あんみつを食べ終わったガネーシャは、ふうと一つため息をつき、こう言った。

「自分、いきなりホームランやで」

なんのことか分からない。首をかしげる僕に向かってガネーシャは微笑んだ。

「いやあ、今までいろんな子教えてきたけど、まあのっけからここまで心ゆさぶられたんは正直、はじめてや」

「と、いうことは……教えていただけるんですか？」

「当たり前やがな。ごっついの教えたるがな」

「ありがとうございます！」

ガネーシャは一体何を教えてくれるのだろうか。不安よりも期待が僕の胸を躍らせた。

しかし、実際のところ、ガネーシャはすぐには教えてくれず、「ワシに直接指導してもらえるなんて、あり得へんことよ」「ワシの教えを請うために並んでる人、何年待ちや思う？」「ワシ、なんなら自分になりたいもん」などと、いかに僕の置かれている立場が恵まれたものであるかを説き、「さて」と立ち上がったのでやっと教えてもらえるのかと思いきや「楊枝《ようじ》、ある？」と爪楊枝をリクエストされたりで、結局三十分ほどガネーシャのたわごとに付き合わされるハメになった。

「ついてこいや」

ガネーシャは爪楊枝をくわえたまま歩き出した。

ついにガネーシャの教えがはじまる。僕はドキドキしながらガネーシャの後を追った。

ガネーシャは玄関で立ち止まると、床を見下ろして言った。

「靴、みがけや」

「は？」

「せやから、靴、靴、みがけ言うとんねん」

そしてガネーシャは玄関先に無造作に脱ぎ捨ててある靴を指差した。

靴を……みがく？

何を言い出すんだ？

しかし、ガネーシャは平然と話し続けた。

「よう見てみいや、自分の靴。めちゃめちゃ汚れてるやんけ」

僕は下駄箱と靴置き場に視線を落とした。

黒色の革靴がばらばらに置いてある、いや置いてあるというより捨ててあると表現した方がふさわしいかもしれない。これはふだん、僕が会社用に使っている革靴だ。こうして改めて見てみると、土や砂がところどころについて汚れているし、甲の部分はデコボコに曲がっている。靴の管理としてはかなり悪い部類に入るかもしれない。

「ほな、ワシ寝るわ」

そう言うとガネーシャは居間に向かって歩き出した。ゆっくりと居間を見回したあと、「ここやと体伸ばせへんしなあ」とわけの分からないことをぶつぶつ言っている。しばらく観察したところ、ガネーシャは自分の寝床を探しているということが判明した。こいつ、僕の家に居座るつもりなのか？　いやそれより大事な問題がある。僕はあわててガネーシャに声をかけた。

「あ、あの」

「なんや」

「あの、もしかして、今のが『教え』……ですか？」

「そやで」

僕は口をぽかんと開けガネーシャをながめた。すぐには言葉が出てこなかった。「ほな」と言って押し入れに入ろうとするガネーシャを呼び止め、やっとのことで出てきた言葉がこれだった。

「あ、あの、靴みがきなんて、何か意味あるんですか？」

ガネーシャは大きなため息を一つつき「自分、全然分かってへんな」と言って、面倒そうな顔で話し出した。

「自分、イチローくん知っとる？」

イチロー？

ガネーシャの口から意外な単語が飛び出したので、すぐには何を指す言葉か分からなかった。僕はゆっくりと確認するように話した。

「イチローって……もしかして元メジャーリーガーの鈴木一朗選手のことですか？」

「そや。そのイチローくんや。ええか？　イチローくんはな、他の選手が先に帰っても、ずっと残ってグラブみがいとったんや。彼はな、小学生のころからそうしとんのや。『神聖な商売道具を粗末に扱うことは考えられない』言うてな。そういう仕事に対するまっすぐな姿勢があるから、メジャーでずっとトップ取れてたんやで」

「へえ、そうなんですか……。それは、知らなかったです」

「ところで聞くけど、自分の商売道具ってなんや？」

「うーん……」

「靴や！　ちゅうか、話の流れからしたらここは確実に靴やがな。アホかお前は。ええか？　自分が会社行く時も、営業で外回りする時も、カラオケ行ってバカ騒ぎしてる時も、靴はずっと気張って支えてくれとんのや。そういう自分支えてくれてるもん大事にできんやつが成功するか、アホ！」

アホ、と言われてカチンときた。確かに靴の扱いはぞんざいだったかもしれないし、それは少し反省すべき点かもしれない。ガネーシャの言うこともまちがっているとは思わないけど、でもそれが僕の人生の成功に直結しているとは、到底考えられない。

「あの……」

「なんや？」

「正直に言わせていただくと、やっぱり、靴をみがいたからといって成功するとは思えないんです。お金持ちにだって、だらしない人はいるでしょうし、もっと、他の課題はないですかね？」

するとガネーシャはにらむような目つきで僕を見た。

「自分な」

「はい。なんでしょう？」

「今まで、自分なりに考えて生きてきて、それで結果出せへんから、こういう状況になってるんとちゃうの？」

「そ、それは……」

「ほなら逆に聞きたいんやけど、自分のやり方であかんのやったら、人の言うこと素直に聞いて実行する以外に、何か方法あんの？」

うぐぐ……。

「それでもやれへんていうのは、何《なん》なん？　プライド？　自分の考えが正しいに違いない、というプライドなん？」

プライド……なのだろうか。

「もしくは、期待してんのやろ。自分のやり方続けてても、いつかは成功するんやないかって」

ガネーシャはタバコを取り出して火をつけた。

「ま、先に現実から言うとくと」

ガネーシャは僕の顔の近くに煙をふわーと吐きかけた。

「保証したるわ。自分、このままやと2000パーセント成功でけへんで」

僕は煙を手で払いながら声を荒げて言った。

「な、なんでそんなこと言い切れるんですか？」

「そんなもん、自分が『成功せえへんための一番重要な要素』満たしとるからやろがい」

「何ですか？　成功しないための一番重要な要素って何なんですか？」

「成功しないための一番重要な要素はな、『人の言うことを聞かない』や。そんなもん、当たり前やろ。成功するような自分に変わりたいと思とって、でも今までずっと変われへんかったっちゅうことは、それはつまり、『自分の考え方にしがみついとる』ちゅうことやんか」

そしてガネーシャは僕を見て言った。

「自分が成功でけへんのはなぁ……今さっき『靴みがき《そんなこと》して意味あるの？』と考えた、まさにその考え方にすべての原因があるんやで」

ガネーシャは人差し指でポンポンと僕のこめかみを小突いた。

「そんな一番、一番、一番、簡単なことも分かれへんのやろ、この頭は」

僕は大声で何かを叫びたい気持ちだったけど、何と叫んでいいか分からなかった。

くそっ、くそっ！


結局、僕は靴をみがく以外の選択肢を見つけることができなかった。

その代わり、何の効果もなかったら、その時はもうビシッとズバッとはっきり言ってやる！

「お前のやりかたはまちがってる」って！

ガネーシャは、玄関に座って靴をみがく僕を見下ろしながら言った。

「おい！　そんなリキんでみがくなや。もっと優《やさ》しゅうみがかんかい。『いつも頑張ってくれてありがと〜ありがと〜』て感謝しながらみがくんや」

「は、はあ」

「『はあ』てなんや！」

ガネーシャは暑苦しい顔を僕にぐっと近づけてきた。

くそっ！

こいつ、これで何も変われなかったらただじゃおかないぞ！

［ガネーシャの課題］

靴をみがく

2

「で、どうやった？　昨日の課題は」

　ガネーシャは押し入れの引き戸を開けながら言った。僕の家の押し入れを自分の住まいにすることにしたようだ。ガネーシャに言いたいことは山ほどあったけど、僕は昨日の課題の報告を優先した。偉い。

「靴みがきは、意外と気持ちよかったです」

　これは正直な感想だった。昨日靴をみがいてみて不十分だと思った僕は、会社帰りに革靴の形をととのえるためのシューキーパーなど、靴みがき専用の道具をいくつか購入した。靴みがきは掃除と同じでとりかかるまでが面倒だけど、やってみるとすっきりして気持ちがいい。

　ただ、作業をしている間も、例の疑問が頭のどこかに浮かんでいた。僕はこんなことをしてて、本当に変われるのだろうか？　人もうらやむような成功を手に入れることができるのだろうか？　もっとやるべきことは他にあるのではないか？　ガネーシャが本物の神様なのだとしたら、もっと効果的な方法を教えてくれてもいいじゃないか。やっぱり「靴みがき」なんて地味すぎる！

「あの……」

「なんや」

昨日に引き続き、僕はガネーシャに疑問をぶつけてみた。

「靴みがきなんかで、僕は本当に変われるのでしょうか？」

するとガネーシャはぴくっと眉《まゆ》を動かした。

「またそれかいな。ほならどないしたら自分は変われるちゅうんや？」

「何て言うんでしょうかねぇ、こう、成功の『秘訣』みたいなものを教えてもらえれば……」

するとガネーシャはしばらく考えてから言った。

「たとえば、こういうのん？　『成功するには自分が働くのではなくて、お金に働かせなさい』みたいな」

「あ、そういうのです。ぜひ詳しく教えてください」

「いや、教えるもなにも、ここに書いとるで」

ガネーシャは本棚から一冊の本を取り出してきて僕の目の前に置いた。最近巷《ちまた》で売れているると評判のビジネス書だった。書店の棚にずらりと並べられていたので勢いで買った覚えがある。

「このページ見てみ」

「あ……」

「付箋《ふせん》貼ってるやん」

僕は恥ずかしさで顔が熱くなった。確かにお金持ちになる方法が書かれたその本には「お金に働かせる方法」がはっきりと書かれてある。うなだれる僕の肩に長い鼻をぽん、と置くとガネーシャは言った。

「『秘訣』を知りたい、いうことは、ようするに『楽《らく》』したいわけやん？」

また、何も言い返せなかった。人生を変えたり成功したりするためには、成功者だけが知っている隠された秘密のようなものがあって、それを知ることができれば成功すると思っていた。

「それは『楽』して人生変えたり、『楽』して成功したりしたいちゅう『甘え』の裏返しやん？」

ガネーシャの勝ち誇った憎たらしい顔を見ていると、僕は無性にムカムカした。いつかガネーシャの弱点を見つけて言い負かしてやろうと誓った。この誓いに意味があるのかは分からなかったが、僕は固く誓った。

「ほな今日の課題行くで」

「は、はい」

「今日は『募金』でいこか」

「『募金』……ですか？」

　ガネーシャがまたおかしなことを言い出したぞ。

「……募金なんて、意味ありますかね？」

「黙ってやれや」

「あの、一応説明だけでもしていただいた方が……」

「お前アホやもん。説明しても伝われへんがな」

「勝手に決めつけないでくださいよ」

「じゃあ自分、ジョン・ロックフェラーくんて知っとるか？」

「……知りません」

「ロックフェラーも知らんて、自分、どんだけ無学なん？」

　僕の眉間がぴくぴくと音を立てた。（落ち着け、落ち着け）と自分に言い聞かせた。ガネーシャに反論するなら話を聞いてからでも遅くはない。僕は「ジョン・ロックフェラーという人は何をした人なんですか。教えてください」と怒りで震える頭を下げた。

　するとガネーシャは、しゃあないなあ教えたるかあ、とやけにのんびりと話しはじめた。

その態度にもイラっと来たが、僕はなんとか怒りをこらえた。

「ロックフェラーくんはな、スタンダード・オイル社ちゅう会社作った石油っ子なんや。

まあ言うたら、億万長者や。でな、このロックフェラーくんにはな、いろんな逸話があるんやけど……会社の買収やりすぎて小さい企業たくさん潰した、いうて批判受けたりもしたんやけどな、昔からずうっと欠かさずやってた習慣があるんや。それが、寄付なんや。ロックフェラーくんはな、まだ若いうちから収入の一割を寄付し続けてたんや。全然お金持ちやないころからやで」

「へぇ……」

「しかもや、この収入の一割を寄付するちゅう教えはその子どもにも受け継がれてな。そしたらロックフェラー・ジュニアは優秀な投資家、孫のネルソン・ロックフェラーは副大統領、ウィンスロップ・ロックフェラーは州知事になっとる。もう一族がそろいもそろって出世しとんねや」

「あの、ジョンさんが成功したのはすごいと思いますが、その息子や孫は……単なるコネとかじゃないんですか？」

するとガネーシャはゴホゴホと咳払《せきばら》いをして言った。

「だ、黙っとけや！　とにかく、この収入の一割を寄付するいう習慣はな、ビジネスや芸術、ありとあらゆる分野で優秀な人間送り出しとるユダヤ人の律法書の中にも書かれてるんやで。『汝《なんじ》の収入の一〇パーセントを分け与えよ』てな。そういうことも知らんかったやろ、自分は」

「ぐっ……」

「ま、それくらいこのロックフェラーくんのやってた寄付の習慣は、世界的にもスタンダードっちゅう話やな。スタンダード・オイル社だけに」

そう言った瞬間、ガネーシャは目をくわっと見開き、鋭い視線を送ってきた。僕はできるだけガネーシャの目を見ないようにして、質問した。

「でも、なぜ寄付することが成功につながるんでしょうか？　正直、分かりません」

するとガネーシャは「なんで今の一線級のギャグが分かれへんかな……」と小さな声で不満そうにつぶやいてから説明をはじめた。

「ええか？　お金いうんはな、人を喜ばせて、幸せにした分だけもらうもんや。せやからお金持ちに『なる』んは、みんなをめっちゃ喜ばせたいて思てるやつやねん。でも、お金持ちに『なりたい』やつは、やれ車が欲しいやの、うまいもんが食いたいやの、自分を喜ばせることばっかり考えとるやつやろ。……まあ、でもそういう欲が悪いいうわけやないで。人間は自分の欲に従《したご》うて生きるしかないからな。最初はそういう、自分を喜ばせる欲をエネルギーにして進んでもええ。けどな……」

ガネーシャは続けた。

「世の中の人を喜ばせたいちゅう気持ちを素直に大きくしていくことが大事やねん。そやから寄付すんねん。自分はとにかく人を喜ばせたいし、助けたい。そういう人間になることや」

黙って聞いている限りではガネーシャの言っていることも一理あるように思えた。しかし、僕はガネーシャを困らせてやろうと思い反論を試みた。

「でも、募金ってなんか偽善者っぽい感じがするんですよね」

するとガネーシャは「出たで」と言うと僕をにらんで言った。

「せやから自分は三流なんや」

「三流……」

「ええか？　これから自分は成功していくんやろ？　そのつもりなんやろ？　せやったら、これからはめちゃめちゃ人を喜ばしたり、世の中にとってええことしまくっていかなあかんのやで。それを後ろめたく思てどないすんねん」

そしてガネーシャはふうと大きく息を吐き、遠い目をした。

「幸《こう》ちゃんはなあ……幸ちゃんは、『世の中から貧困を無くす』言うて、誰でも買えるような安い電化製品作ったんや。今日び、『世の中から貧困を無くす』て聞いたら笑うやつぎょうさんおるで。サブい、言われるで。でもな、偉大な仕事する人間はな、マジで世の中よくしたいて純粋に思て生きてんねんで。せやからその分、でっかいお金、流れ込んでくんねん。お金だけやない。人から愛されたり、幸せで満たされたり、もういっぱいええもんが流れてくんねん」

「あの……」

「なんや？」

「ちなみに、先ほどから出てくる『幸ちゃん』というのは……？」

「そんなもん、松下幸之助に決まってるがな！　ワシが幸ちゃん言うたら松下幸之助、宗ちゃん言うたら本田宗一郎や！」

「は、はあ……」

「宗ちゃんの運転するバイクのケツ、気持ちよかったなあ……」

そして、ガネーシャはまた遠い目をした。

（どうもガネーシャには虚言癖《きょげんへき》があるな……）そう思いながらも、とりあえず、コンビニのレジの横にある募金箱にお金を入れるくらいなら、と試しにやってみることにした。

［ガネーシャの課題］

コンビニでお釣りを募金する

3

あくる日の朝。台所で朝食の準備をしていると居間から声が聞こえた。

「で、結局いくら募金したん？」

僕はフライパンの上の目玉焼きの焼き加減を見ながら答えた。

「……一〇〇円です」

ガネーシャは、結構ふんぱつしたやんか、と笑った。

一応ガネーシャの言うとおり、募金を実行してみたのだ。ただ、コンビニはいつも行く店ではなくて、少しわき道に入ったところにある別の店で募金した。顔なじみの店員が見ている前で募金するのはなんだか恥ずかしかったのだ。

「で、どうやった気分は」

「うーん……なんだかこそばゆいような感じでした」

「まあ最初はそんなもんでええで。でもこれからは自分の一〇〇円が人を幸せにしとることと考えながら募金するんやで。人助けするっちゅうことは素晴らしいことや、いうて自分自身に教えていかんとな。で、飯いつできるん？」

ガネーシャは左手にフォーク、右手にナイフを持って僕を見ていた。ご丁寧によだれかけまでしている。僕は目玉焼きを皿に移すと、ガネーシャの待つ居間に運んだ。しかし、ガネーシャは目の前に置かれた皿を見るとけげんそうな表情をした。

「あれ？　あれれ？」

「何か……問題でも？」

「ベーコンは？」

「あ、すみません、ベーコンは、ないです」

「嘘……やろ」

「すみません。明日は買っておきます」

しかしガネーシャはフォークとナイフをテーブルの上に静かに置くと、「ちょっと、ええかな？」と今まで見せたこともないような真剣な表情をした。

「今までワシが教えたことは全部忘れてもええから、このことだけは覚えときや。目玉焼きとベーコン。この二つがあってはじめてブレック・ファーストなんやで。そのどちらか一方でも欠けたら、それ、何？　ブレック？　ブレックて何？」

朝からぐちぐちうるさいなあ。たかだかベーコンじゃないか。だいたいお前はインドの神様だろ。なーにがブレックファーストだ。

しばらくの間、僕はガネーシャとにらみ合っていたが、ガネーシャのぐうぅという腹の音でにらみ合いは中断した。ガネーシャはフォークを目玉焼きに刺すと、ペロリと一口で飲み込んだ。そして僕の方をちらっと横目で見て言った。

「あれ、自分は食わへんの?」

「朝はいつも食欲ないんです」

「あかんで、ちゃんと朝飯食わんと」

ガネーシャの言葉を聞いて、僕は最近見たテレビの情報番組を思い出した。朝ごはんを食べると仕事の能率が上がるという内容だった気がする。

この時僕は直感した。もしかしたら、朝ごはんを必ず食べるというのがガネーシャの次の課題なのかもしれない。僕は、ガネーシャにたずねた。

「今、朝ごはんを食べろとおっしゃいましたが、それはどうしてですか?」

「いや、自分が料理に目覚めたらワシの献立も豪華になるかなと思て」

——お前のためか。

ガネーシャはむしゃむしゃと白米をかきこみながら、ふと思いついたように言った。

「そういえば、自分、昼飯はどうしてるん?」

「昼は社員食堂で食べてます」

「どれくらい食べてるん?」

「どれくらいって……普通ですけど。まぁご飯を大盛りにする時もありますが」

「ほうか……」

ガネーシャはあごを手でさすりながら言った。

「じゃあ、今日は『腹八分』やな」

そう言って、コップの中に長い鼻を突っ込むと水をぐぐっと吸い込んだ。

「飯って毎回、腹いっぱい食べるやろ。なんでやろな？」

「なんでって言われても……食べることは楽しいですからね。あと、大盛りが無料だったら大盛りにしないと損した気がしますし」

「なるほどな。ま、料理作ってる人を喜ばすためにたくさん食べる場合があってもええかもしらんけど、でもな、基本的に自分ら食いすぎやねん。食いすぎると体に悪いし、眠なるし、集中力下がるし。あ、あとな、寝る前に食いすぎると目覚めが悪いんやで。自分が朝起きられへんのもそのせいちゃう？」

確かに深夜に腹が減るとコンビニで弁当を買ってきて食べてしまう。そのまま寝るとあくる日起きられないことは、多々ある。

ガネーシャは付け加えた。

「『一切ノ疾病ハ宿食を本トス』。これ、ワシのダチの言葉なんやけど。『宿食』ちゅうのは食いすぎのことでな、食いすぎがいろいろな病を引き起こすいう教えなんやで」

「あの……ちなみに、ダチというのは？」

「釈迦《しゃか》や」

「釈……」

「そういや、最近、釈迦と飲んでへんなあ……」

——どんな人脈だ。

ガネーシャの話には相変わらず半信半疑な僕だったが、ガネーシャは自分のペースで話を続けた。

「ま、腹八分はささいなことに見えるかも分からんけど、これ、今日からずっとやってみ。食べたいと思ても腹八分で必ずおさえるんや。そうやって自分で自分をコントロールすることが楽しめるようになったら、生活変わってくるで」

そしてガネーシャは空になった茶碗を僕に差し出した。この時のガネーシャの言葉に思わず耳を疑った。

「おかわり。特盛りで」

僕はガネーシャのぽってりとふくれた腹を見ながら言った。

「あの、ちなみに、あなたは腹八分を実践されてるんですか?」

「いや、限界まで食うてるよ。いつも十二分くらいやね」

「それは……なぜですか?」

「自分はホンマにアホやな」

ガネーシャは「よっこらせ」と立ち上がって炊飯器の前まで行き、僕の手から茶碗を乱暴に奪うと自分でご飯をよそいだした。

「ええか？　ワシはなあ。ワシは、あえて食うてんねや。本当は食いたないのに、無理やり食うてんねん。なんでやと思う？　それはなあ、『こういうふうになったらあかん』という反面教師に自ら率先してなっとるからやねんで！」

そしてガネーシャはすごい勢いでご飯を口の中にかき込みはじめた。あまりのスピードに僕はただ見守るしかなかった。ものの数秒で食事を終えるとガネーシャはくわっと目を見開いた。

「ええか、よう見とけ。こうなったら、終わりやで！」

そう叫んだかと思うとガネーシャはごろんと横になり、またたく間にぐぅぐぅといびきをかいて眠り始めた。これ以上ないほどにふくれ上がった腹が、ガネーシャの呼吸に合わせてゆっくりと上下するのを見ながら思った。


どうやら僕は、師匠選びをまちがえたようだ。

［ガネーシャの課題］

食事を腹八分におさえる

4

今日の昼食は、ガネーシャの課題を思い出して量を少し控《ひか》えた。すると、いつもは昼ごろ眠くなることが多いのに眠くならなかった。ここだけの話、眠くなるとたまに会社のトイレでこっそりと寝てしまうことがある。でも、多少疲れが取れたとしても後から嫌な気分になることが多い。寝ちゃだめだと思っているのに寝てしまう自分に対して自己嫌悪に陥るのだ。その意味でも腹八分は、眠気を防ぐだけではなく、仕事のモチベーションを上げる効果があるかもしれない。僕はガネーシャの課題にちょっと感心した。

「ただいま」

自宅の玄関を開け、靴を脱ぎながら（今日はやけに静かだなあ）と思った。いつもなら「遅かったやないか」なんて出迎えるガネーシャの声がない。

ん？　なんだ、これは？

下駄箱の先にぽつんと一つ、不自然に封筒が置いてある。それを手にした瞬間、僕の背中を冷たいものが走りぬけた。封筒の表に書かれてあったのは次の二文字だった。

遺書

あわてて封筒の中身を取り出す。そこには一通の手紙が入っていた。

ガネーシャです。

突然こんなことになってしまってすみません。驚かせるつもりではなかったのです。ただ、あなたが出勤した後、あのことがずっと頭から離れなくて、やはりどうしても納得できないという結論に達したので、このような形をもって抗議をさせていただくことになりました。私が納得できないことというのは、あなたもすでにお気づきのことでしょうが、ベーコンの件です。「お供え」という言葉をご存知でしょうか？　ここで改めて確認したいのですが、お供えとは人々が神様に差し出す献上品のことです。食べ物だけでなく、貴金属、場合によっては生贄《いけにえ》という形で生き物を差し出すことさえもある、人が神様との関係において何より大事にしてきた習慣、それが「お供え」です。私自身、過去にさかのぼっても、これはもう相当に供えられてきたという自負があり、その意味で、今朝の目玉焼きにベーコンが供えられていないという事態は、私の歴史の中でも衝撃的事件でした。「軽んじられているな」と思いました。ただ、私自身も過去にこういう例がないものですから自分の判断に自信が持てず、あの場ではことを荒立てず、あなたが出勤するのを待った上で、他の神々に相談してみました。結果、爆笑されました。「お前、ナメられすぎ」と言われました。ご存じのとおり、神様は看板稼業です。いかに自分を大きく見せられるか、いかに有難がらせるか、それが神様の価値なのです。ようするに、あなたはガネーシャという看板に泥を塗ったのです。こうなった以上、もはや死をもって抗議するほかありません。

ガネーシャ

そ、そんなバカな……。

開いた口がふさがらなかった。目玉焼きにベーコンをつけなかったくらいで、そんなバカな話があるか！

しかし、その時、僕はガネーシャの底抜けの食い意地を思い出した。食べ物の恨みは何よりも怖いという。嫌な予感がした僕はすぐに居間へと向かった。

「うわあ！」

突然目に飛び込んできたものに思わず腰を抜かした。

天井から一本のロープが吊るされておりガネーシャの首に巻きついている。ガネーシャの体はだらんと垂れ下がっていて、首が横に折れ曲がっていた。

首吊りをしているガネーシャに向かって僕は言った。

「……あの、もうそろそろ降りてもらえます？」

＊

「しかし、よう見破ったな。ワシの迫真の演技を」

カリカリに揚げられたベーコンをおいしそうに頬張りながらガネーシャが言った。

「だって、飛べるじゃないですか」

するとガネーシャは寂しそうな顔をして、

「意外と冷めてんなあ自分」

そうつぶやきながら、僕が焼いたベーコンを一人で全部平らげた。そして大きなゲップを一つして、ふくらんだ腹をさすりながら言った。

「そういえば自分……年収はなんぼほど貰《もう》てんの？」

「は、はい？」

予想もしなかったガネーシャの一言に驚いて声が裏返ってしまった。

「せやから、年収いくらやねん」

「僕の年収なんて聞いてどうするんですか？」

「ええから言えや」

「でも、やっぱりそれはプライベートな問題なんでちょっと……」

「何がプライベートやねん！　自分みたいなもんにプライベートもへったくれもあるかい！」

ガネーシャの迫力に気圧《けお》された僕は、仕方なく、それほど多いとは言えない収入の数字をおずおずと答えた。ガネーシャは言った。

「少な」

ガネーシャの一言にカチンときた僕は声を荒げて言った。

「僕の年齢だとだいたいこんなものですよ。これでも平均年収よりはちょっと多いくらいなんですから！」

するとガネーシャは、ふんと鼻で笑って言った。

「まあ、でもあれやな。朝食でベーコン添えれんようなやつの年収やったら、それくらいか」

「……いい加減、怒りますよ」

「お、カリカリしてきたな。ベーコンだけに」

ガネーシャは「あかん、ワシ、オモロすぎ」とつぶやいた後、「今のはメモっといた方がええな」と、一冊のノートを取り出した。見覚えのあるノートだった。というか、それ僕のだ。しかし、表紙にはいつのまにか「ガネーシャ名言集」と記されておりガネーシャの私物と化していた。こいつ、何を作ろうとしている？

ガネーシャはさらさらと何文字かを書き込んだ後「よっしゃ」と言ってノートを閉じ、ゴホンと咳払いを一つして、真顔でこんなことを言い出した。

「ええか？　ベーコンと年収、これには密接な関係があるんやで」

「はあ？」

首をかしげた僕だったが、ガネーシャは構わず続けた。

「ざっくり言うとな、稼ぎいうんは、どれだけ他人の欲を満たせとるか、それが数字にそのまま表れとるんや。腹が減った、眠い、遊びたい、気持ちよくなりたい……人にはそういう欲があるわな。その欲を快適に満たして、対価としてお金もらうんが今の世の中では『ビジネス』て呼ばれてんねや」

まあ確かにガネーシャの言うとおりだろう。僕たちがお金を払うのは、自分の欲を満たすためだ。

「つまり、こういうことが言えるわな。『ビジネスの得意なやつは、人の欲を満たすことが得意なやつ』てな。人にはどんな欲があって、何を望んでいるか、そのことが見抜けるやつ、世の中の人たちが何を求めているかが分かるやつは、事業始めてもうまくいく。上司の欲が分かっているやつはそれだけ早く出世する。せやろ？」

「それは、まあ、そうですね」

そしてガネーシャは眉間にしわをよせて、僕をにらみつけて言った。

「しかしやで」

「自分は、このガネーシャの欲を見抜けてへんかったやん。このワシの『ベーコン欲』完全に見抜けてへんかったやん！　ええか？　ワシに言わしたら、自分が成功でけへん理由が全部、目玉焼きにベーコンを添えられんかったというこの事実に集約されてんねんで！」

ガネーシャの言うことを聞いていたら、僕はだんだんと腹が立ってきた。もう、なんなんだよさっきから！　ベーコン、ベーコンうるさいよ！　人の欲とかビジネスとかにこじつけて、本当は朝食でベーコンを出してもらえなかったことを根に持って、くどくど嫌味を言ってるだけじゃないのか？（こいつ、これ以上甘やかしたらもっとつけあがるな）

そう思った僕は、ガネーシャに向かって声を張り上げた。

「そんなにベーコン欲しかったんだったら最初から言えばいいじゃないですか。朝ごはんにベーコンを出せって。そしたら僕だって素直に作りますよ。自分が最初から言わないからダメなんでしょ。僕の責任にしないでくださいよ！」

しかし、ガネーシャはなぜか余裕の表情で「自分はホンマにアホやなあ」と笑いながら言った。

「自分、ヘンリー・フォードくん知っとるか？　まさか知らんいうことないわなあ。何と言うても、自動車の育ての親やからな、フォードくんは」

「し、知ってますよ、フォードくらい」

本当のところは、どこかで聞いたことがある程度の名前だったが、僕は必死に知っているフリをした。そんな僕の心のやましさを見抜いていたのだろうか、ガネーシャはニヤニヤと笑いながら話を続けた。

「まあフォードくんはすごい子やったで。フォードくんの作ったT型フォードは、世界で一五〇〇万台も生産されたんやからな。で、そのフォードくんがこんなこと言うてたんや。『もし私がお客さんに何が欲しいかとたずねたら、彼らは、もっと速く走れる馬を、と答えていただろう』この意味分かるか?」

ガネーシャの鼻っ柱をへし折ってやりたくて、何とか答えてやろうと思ったけど、僕の口から出てくるのは「ええっと、それは……」という歯切れの悪い言葉だけだった。

ガネーシャは「やっぱり自分には分からへんわな」とにんまりして言った。

「ええか? 人の欲を満たすにはな、人に『何が欲しいんですか?』って聞いて回ればええってことやないんやで。もしかしたら人はこう言うかもしれへんやろ。『何が欲しいか分からない』。でもな、それでも人には何かしらの欲があるんや」

ガネーシャは続けた。

「人はな、わざわざ『〇〇が欲しい』なんて教えてくれへんのや。人が何を欲しがっているかをこっちが考えて、予想して、提案していかなあかんのや。人の欲満たす、いうんはそれくらい難しいことなんやで。そのことをフォードくんは誰より理解してたんや。人間には、もっと速《はよ》う快適に移動したいっちゅう欲がある。でも、当時、みんなが考えてたんは『馬がもっと速く走ればいいのに』ちゅうことなんや。でもフォードくんは、人の欲を満たすには、より速く、より遠くまで走るには、馬ではなくて機械に走らせなあかんことが分かってたんや。せやからフォードくんは、馬やなく、T型フォードを作ったんやで」

そしてガネーシャは僕を見下ろすようにして言った。

「ワシがベーコンを欲しがっとるからいうて、『ベーコン欲しい』なんて言う思てたら大きなまちがいやで。ワシかて朝、目玉焼きが出てきた時に、はじめてベーコンのこと気づいたもん。そうなる前にあらかじめ、ワシのベーコン欲を見抜いて、ワシが言う前にベーコンが用意してある状態、これを自分は目指さなあかんのや。それができてはじめて自分は成功への階段を一歩踏み出したことになるんやで！」

もう、何なんだよ、こいつ！　さっきから屁理屈ばっかり言いやがって！

ガネーシャはふふん、と得意げに鼻を鳴らすと言った。

「よし、次の課題はこれや。『人が欲しがっているものを先取りする』。ええか？　とにかく誰かに会ったら『この人が欲しがっているものは何か？』ちゅうことを考えながら接してみい。そして欲しがっていること、求めていることをできるだけ与えるようにこころがけるんや。分かったか？」

ガネーシャに対するムカつきが最高潮に達していた僕は（誰がやるか、そんな課題）とそっぽを向いた。しかし、言いたいことを言って気分が良くなっているのだろうか、ご機嫌なガネーシャは「ほな、手はじめに」と僕に顔を近づけてきた。

「今、この瞬間、ワシが何を求めているか、ワシのどんな欲が高まっているか当ててみい」

僕は最初無視をしていたが、ガネーシャがあまりにしつこく聞いてくるので投げやりに答えた。

「どうせあんみつとかでしょ」

するとガネーシャは、

「……正解や」

口を半開きにしたまま呆然とした表情で答えた。

「なんで……なんで分かったん？　たった今、食事終えたばっかの、ワシのデザート欲、なんで見抜けたん？」

ガネーシャの態度が突然変化したので、僕は戸惑った。

「いや、それはなんとなく、といいますか……」

「自分、いきなりワシの教え、理解できてるやん。なんなの、この飲み込みの早さ！　自分、このままいくと、年収一億は軽いんちゃうのん⁉」

「そ、そんな簡単に……」

しかしガネーシャは僕の言葉をかき消すように叫んだ。

「さ、早よ！　早よ持ってこんかい！　忘れんうちに早よデザート持ってきて、この成功体験を記憶に焼き付けるんや！　早よ！」

気づいたら、僕はあんみつとスプーンを持ってガネーシャの元へ駆けていた。

おいしそうにあんみつをほおばるガネーシャを見ていると、（僕を育てるとか言っておいて、結局ガネーシャは僕をいいように利用してるだけなんじゃ……）そんな疑問が頭にまとわりついて離れなかった。

［ガネーシャの課題］

人が欲しがっているものを先取りする

5

またもやガネーシャに丸め込まれてしまい、課題を実行するハメになってしまった。しかし、人と会うたびに「この人は何をして欲しがっているだろうか？」と考えるのは思った以上に骨の折れる作業だった。会社の同僚と昼食を食べている時も、相手の話を聞いてあげたり、少なくなったお水を注いであげたり、まるで飲食店でアルバイトしてるような感覚だった。それだけじゃない。たとえばお店で食事をした時など、ウェイターが食べ終わった食器を下げやすいようにテーブルの端に寄せて置いたり、お客さんだからといってあぐらをかいてはいられず、従業員のためにも何かできることを考える必要があった。ただ、実行してみると、これは出会う人すべてをお客さんだと考える習慣であることに気づいた。この習慣にはビジネスや仕事に対する感性をみがく効果があるかもしれない。

「……という感じでした」

僕は今回の課題の感想をガネーシャに報告した。

「へえ、そうなん」

ガネーシャは鼻をほじりながら、僕の話を興味なさそうに聞いていた。そして自分の鼻から出てきた汚いものがあまりに巨大だったので「おわっ」と驚いたあと、つぶやいた。

「なんか……飽きてきたわ」

「はい？」

「これ、前から言おう思てたんやけど、自分の話な、全然笑えへんねん」

「あの……言ってる意味がよく分からないんですけど」

ガネーシャの課題に取り組んでいるのは成長するためなのに、どうして笑える必要がある？

しかしガネーシャは、お前の行動は普通で面白くない、もっと面白い土産話を持ってこい、ずっと部屋で待っているこっちの身にもなれ、という内容のダメ出しを延々としたあげく、こう言い放った。

「結局な、自分のエンターテインメント性の欠如が、ワシのモチベーションを下げとんねん」

こいつ……やる気あるのか？　今日こそは日ごろから溜まっている不満をぶちまけてやろうかと思ったが、その後のガネーシャの言葉に思わず気をとられた。

「もうええわ。次の課題はこれや。『人を笑わせる』」

笑わせる？　僕が？

突拍子もない内容に、つい、例の質問をしてしまう。

「あの、人を笑わせるのと、僕が成功するのと何か関係あるんですか？」

「前から言おうと思てたんやけど『成功するのと何か関係あるんですか？』て質問する時の自分、毎回とんでもなくアホな顔しとるで」

「……どんな顔したっていいじゃないですか。教えてください」

「自分、『空気』って分かる？」

「『空気』ですか？　吸ったり吐いたりする……」

「アホか。お前、それ、主に窒素と酸素で構成される地球周辺を取り巻く混合気体のことやないか。その空気とちゃうわ。ええか？　ワシが言うてるのは雰囲気を表す『空気』のことや。たとえば会議が行き詰まると『空気悪いな』て感じることがあるやろ」

「ああ、はいはい。分かります」

「ええか？　空気っちゅうのはめっちゃ大事なんやで。たとえば売り上げが伸びひんで潰れそうな会社のオフィス行ってみ。空気がどよ～んとしとるから一瞬で分かるで。逆に調子のええ会社は空気がええわ。みんな楽しそうにしとって、そこにおるだけでこっちまで楽しい気分になんねん」

「その場に行った瞬間、感じるものってありますね。理屈じゃなくて、感覚的なものが」

「そやろ。人の印象でもそういうのあるやろ。話しはじめてすぐ、『なんか嫌な感じや』とか『この人、雰囲気ええな』とか、その人の持ってる空気ってあるやろ？」

「確かに、第一印象で決めたりすることってありますもんね」

「ほいで、こっからが大事な話やねんけど」

「はい」

「笑わせる、いうんは、『空気を作る』ちゅうことなんや。場の空気が沈んでたり暗かったりしても、その空気を変えられるだけの力が笑いにはあるんや。ええ空気の中で仕事したら、ええアイデアかて生まれるし、やる気も出てくる。人に対して優しゅうなれるし、自分のええ面が引き出される。それくらい空気いうのんは大事やし、笑いって大事なんやで」

確かに、ある人が来ると、とたんに空気がぱっと明るくなったりすることがある。逆に、決まって場を嫌な感じにする人もいたりするけど。

「空気を明るくしてくれる人の周りに人は集まるもんやで。街灯に虫が集まるみたいにな」

ガネーシャの言うことには思い当たる部分もあった。でも、人を笑わせるなんてどうやったらいいんだろう。僕はお笑い芸人でもないし、人を笑わせることなんてできるのだろうか？　かなり不安な課題だ。

「まあ自分みたいなんは、無理に笑わせようと気張らんでええ。むしろ笑わせようとすればするほど失敗するやろ。そんなことより、まずは、あなたと会えて楽しい、うれしい、そういう思いを持ちながら楽しゅう話してみいや。ええか？　『気分は伝染する』んやで。

いっつも楽しい、うれしい、いう気持ちでおったら、そこにおのずと笑いが生まれるわ」

「なるほど」

「ちょっとええ話、教えたろか」

「はい、お願いします」

「サウスウエスト航空って知っとる？」

「知りません」

「即答やな。とにかくワシが目えかけとるアメリカの航空会社があるんやけど、その会社を創業したのがハーブ・ケレハーくんてなかなかイケとる子なんやけどな。彼、めっちゃユーモアのセンスあんねん」

「へぇ……」

「サウスウエスト航空は、客室乗務員が『ナッツはいかがですか？』て言いながら荷物棚から顔出してお客さんびっくりさせたり、『乗り物酔い袋』に『今の仕事に吐き気がしていませんか？』いう求人広告載せたりする面白《おもろ》い会社なんやけどな。ユーモアを愛するケレハーくんの影響でそういう社風になってんねんで」

「それは……かなり変わってますね」

「そういえばこんな事件もあったわ。サウスウエスト航空の出した広告と、同業者の出した広告がほとんど同じやってん。で、普通ならこれ裁判沙汰になるわな」

「そうでしょうね」

「でもケレハーくんは違《ちご》たんやな。どうしたと思う?」

「うーん……ちょっと想像がつきません」

「腕相撲や。相手の航空会社の会長と腕相撲で勝負することにしてん」

「……マジすか」

「マジやねん。ちなみにこの勝負、ケレハーくんが完敗したんやで」

「正直、遊んでいるとしか思えませんね」

「そやな。ただ、これくらい人生楽しんどったら、どんなでっかいトラブルや悩みにも立ち向かえると思わん?」

「そう言われると、そんな気もします」

「まあワシもいろいろな子、育ててきたけど、でっかい仕事するやつはたいがいユーモアのセンスあるな。アインシュタインくんなんかもそうやし、ケインズくんもそうやな。経済学者の」

「へぇ……」

「イギリスが不況やったころ、ケインズくんが報道記者にこうたずねられたんや。『長期的に見て、イギリス《われわれ》の経済は一体どうなるのでしょうか?』。するとケインズくんは答えたわ。『みんな死にますわ』。これで報道陣もドカーン! や」

「……」

「ま、このネタ考えたのワシやけどな。ワシ、ケインズくんの座付き作家やってた時期あるし」

僕は（そのネタ、面白いかなあ……）と首をかしげてうつむいていた。しかしガネーシャは一方的にしゃべり続ける。

「まあ、けど安心せえや。自分は、今、笑いを勉強する上では、最もええ環境におるわけやから」

「えっ？　それは、どういうことですか？」

「どないもこないもあるかい。自分の目の前におるがな『笑いの神様』が」

ガネーシャは驚くほど鋭い眼光で凝視してきたので、思わず視線をそらした。

「しゃあないなぁ」ガネーシャは何度も首を横に振ると言った。

「一つ、見せたろか。これが『笑い』ちゅうのを」

そしてガネーシャはもったいつけるようなそぶりで立ち上がった。今から何がはじまるんだろう。高まる期待と、それを超える圧倒的な不安を感じた。

「気いつけや」

ガネーシャは僕に顔を近づけて言った。

「笑いすぎて内臓おかしなるで」

不可解な言葉を残し、僕から一メートルほど距離をとると、おもむろにガネーシャは手をもみながら話しはじめた。

はい。どうもガネーシャです。まあ最近はね、肌寒い日が続きますが、こういう日が続きますとね、どうも人恋しくてかなわない。でも、私にはこう見えて恋人がおりません。じゃあ恋人を作ろうということになりますとね、これがまたいろいろと面倒なことばかり。いざデートに行くということになりましてもね、じゃあどこに行くのか。映画なのか、遊園地なのか、もしくはドライブか、まずここで迷うわけです。じゃあここはドライブ行きますかってことになったとしましょう。でも私にゃ車がない。車がないのでレンタカーしましょうという話になる。で、ここでもまた迷う。思い切って高級車を借りるか、リーズナブルな車にしておくか。でもやっぱり女性が喜ぶのは高級車だし、でも最初から見栄張るとね、後々つらくなるからやっぱり普通の車にしようか、なんつって迷っているうちに、頭がこんがらがってきて、じゃあもういっそのことガネー車《シャ》でいいんじゃないかと。

そう言った瞬間、ガネーシャは四つんばいになり、ブルンブンブンブン、ブルンブンブンブン、と排気音のマネをしたあと、大きな尻をこちらに向け満面の笑みで言った。

「乗ってく?」

部屋の中に、気まずい「空気」が充満した。

[ガネーシャの課題]

会った人を笑わせる

6

「どやった？　どっかんどっかん笑いとれた？」

部屋の入り口で待ち構えていたガネーシャは、僕が家に帰ると好奇心いっぱいの目でまとわりついてきた。僕は重い表情で答えた。

「実は……なかなか難しくて」

「ちなみに、どういうのやったん？」

「いやあそれはちょっと……」

「教えてえな。誰にも言わんからさ」

絶対教えたくなかった。あの瞬間を思い出すだけでも鳥肌が立ちそうだ。しかし、ガネーシャがあまりにしつこく聞いてくるうえに「教えてくれへんかったら、もう課題出さへんで」という理不尽な脅迫までしてきたので、泣く泣く話すことになった。

「……僕のとなりのデスクに女の子がいるのですが」

「ほう！」

「彼女がプレゼン資料を作っていたのですが、パソコンの『パワーポイント』をあまり使ったことがないから教えて欲しいと頼まれまして」

「ほう！」

「普通に説明しても笑いがないと思ったので……」

「ほほう！」

「使い方のポイントは、やっぱりパワーですよ。こう全身に力をこめて、マウスが壊れるくらいクリック！　クリック！」

六畳一間の部屋がしん、と静まりかえった。外の道路を走るブゥゥ……という車の音だけが響いている。ガネーシャは真剣な眼差しで僕を見つめて言った。

「……完璧やん」

「え？」

「『パワー』と『力』が掛《か》かってんねやろ。それ、考え得るかぎり、最高の笑いやん」

そしてガネーシャは頭を抱えて言った。

「ワシ、とんでもない怪物作り出してしまったかも分からんなあ」

僕のギャグが彼女にまったくウケなかったことを理解してもらうまでにかなりの時間を要した。ガネーシャは「あり得ない」という内容のことを繰り返し言っていたが、最後は僕の背中をぽんと叩いて「時代待ち、やな」と励《はげ》ましてきた。

＊

あくる日の朝。

ドンドンドンドン！

僕はありったけの力でトイレの扉を叩いていた。しかし、トイレの中からは、

「ガネ・ガネ・ガネーシャ♪　ガネ・ガネ・ガネーシャ♪　ガネーシャ・モーニングー♪」

奇怪な鼻歌が聞こえてくるだけだった。一日中家にいるんだからこんな時間を狙ってトイレに入る必要なんてないのに、なぜか朝のこの時間、決まってガネーシャはトイレを占領するのだ。

「いいかげん代わってください。もう限界なんです！」

僕は泣きそうな声で扉一枚をはさんだ向こうにいるガネーシャに訴えかけた。しかしガネーシャは「ワシも代わったりたいで。代わったりたいけど、出るもん全部出さんと体に悪いやん？」その後、ひときわ大きな声が聞こえた。

「ガネーシャ・モーニングー♪」

「あの……せめてその鼻歌やめてもらえませんか？」

「なんで？」

「正直……イライラするんです。出すことに集中してください」

「何いうてんねん。ワシがこの歌を歌ってるのは自分のためやで。この歌歌いながらリキむとすっと出るんや。ワシの体はそういうしくみになっててんねん」

「……本当ですか？」

「ホンマやで。もうそこまで来とるから待っとき。なんなら自分も一緒に歌おうや。ガネーシャ・ワンダフルー♪」

僕はトイレの前でひたすら我慢しながら、いざとなったらむりやり扉をこじあけてガネーシャを引きずり出してやろうなんて考えていた。

「あ、そや」

「なんですか？」

「どうせやから、トイレにまつわるちょっとええ話したろか？」

「結構です。そんなことより早く代わってください」

「まあ、そない言わんと。せっかくやから聞いとけや。ちょっとは自分の漏れそうなんが、ひっこむかも分からへんで」

そしてガネーシャは（きっと、ただこの話をしたかっただけなのだろう）僕の返事も待たずに話しはじめた。

「昔々、ある大富豪がおりました。その大富豪は使いきれへん金を手に入れてから、あることを研究したいと思いました。それは、『人はどうしたら大富豪になれるか』ということでした。……まあこいつは、自分がどうして大富豪になれたかなんてのは、自分が一番よう分かっとるけど、世の中の大富豪はどうやって大富豪になってんのかなあて思ったんやな。だからその大富豪は一〇人の部下に命令して世界中の大富豪を調べさせたんや。数年後に戻ってきた部下たちは、結局、どうしたら大富豪になれるかは分からんかったんやけど、世界中の大富豪に共通するある一つの点を見つけてきたんや。それ、なんやと思う?」

「分かりません」

「トイレがピッカピカやったんや」

「え?」

「トイレがピッカピカやったんや」

「な、なるほど」

「トイレがピッカピカやったんや」

「……はい」

「トイレがピッカピカやったんや」

「何回言うんですか」

「トイレが」

「ピッカピカだったんですよね」

「せや！」

「どうしてですか？」

「あ、出る」

そう言ったかと思うとトイレの中からむぐぐぐぐっと力む声が聞こえてきた。僕は固唾《かたず》を飲んだ。早く出してしまってくれ。そしてその場所を僕に譲ってくれ。しかし、どれだけ待っても肝心のトイレットペーパーを巻き取る音も、水の流れる音も聞こえては来ず、その代わりに聞こえてきたのは、

「ガネーシャ・レボリューション♪」

——もう我慢の限界である。

ドンッドンッドンッドンッ！

扉が壊れるんじゃないかと思うくらいの力で、というかほとんど壊す気で叩いた。

「開けてください！　もう、出なくてもいいじゃないですか！　今すぐ僕と代わってください！」

すると中から声がした。

「もうちょっと待ってみようや」

「勘弁してくださいよ！」

「まあええやないか。それよりさっきの話の続き知りたないか？」

「どうでもいいです、そんなこと！」

「しゃあないなあ、そこまで言うなら教えたるわ」

こいつ、はじめから代わる気なんてないんじゃないか⁉　僕は、トイレの前でうずくまり全身の力をお尻に集中させていた。そんな僕の苦闘をせせら笑うかのようなガネーシャの声が聞こえてくる。

「幸ちゃんおるやろ。松下の幸ちゃん。あの子はな、誰よりも早く会社に行って、仕事する前にまずトイレ掃除やってたんや。なんでか分かるか？」

知るか！

「あとな、普通トイレって部屋の隅に置くもんやん？　でも宗ちゃんはな、本田の宗ちゃんはトイレをあえて工場の真ん中に作ったんや。隅に置いといたら汚れてもほったらかしになる。真ん中置いて、みんなできれいにしてこうってな。この二人がなんでそんなにトイレ掃除を大事にしたか分かってはんのん？」

『はんのん？』じゃねぇ！

歯を食いしばり、額に冷や汗をびっしりとかきながら、僕はごろごろと訴え続けるお腹と戦っていた。

「トイレを掃除する、ちゅうことはやな、一番汚いところを掃除するちゅうことや。そんなもん誰かてやりたないやろ。けどな、人がやりたがらんことをやるからこそ、一番喜ばれるんや。一番人に頼みたいことやから、そこに価値が生まれるんや。分かるか？　好きなことをしろなんて自分ら言われてきたんかもしらんけど——まあ好きなことするのも大事やけどな、それと同じくらい大事なんは、人がやりたがらんことでも率先してやることや。仕事できるやつらは全員そのこと知っとるで」

「んぐ……」

「飲食店行けばすぐ分かるで。トイレ掃除を徹底しとる店はお客さんもめっちゃ入っとる。逆にトイレが汚い店は閑古鳥《かんこどり》が鳴いとるわ。だからトイレはよく『店の顔』なんて言われるんやで」

「んぐぐ……」

「ええ話聞けてよかったやん？　よっしゃ。今日の課題は『トイレ掃除』や。トイレ掃除するくらいで大富豪になれるんやったら、そない簡単なことないやろ。な？　な？」

僕のお腹が限界を超えようとした、その時だった。

ザザー。ザザー。

それはまるで教会で奏でられる福音のように聞こえた。

（やっとだ。やっとトイレに……）

流れる音とともに、今まで感じていた焦りやいら立ちが、幸福感へと変わっていく。

トイレの中からガネーシャの声が聞こえた。

「なんか、トイレ掃除したなってきたな」


何を……何を言い出すんだ。こいつは！

僕は右の拳に最後の力を込め、扉に叩きつけた。

しかし扉が開くことはなく、その代わりに、ごしごしと便器を洗う音が聞こえてきた。

僕は次第に遠のいていく意識の中で、ガネーシャの歌声を聴いた気がした。

「ガネーシャ・クリーニングー♪」

［ガネーシャの課題］

トイレ掃除をする

7

「しかし昨日はびっくりしたで。トイレの外で自分、倒れてるんやもん」

ガネーシャは手を口にあてて「うぷぷぷ」と笑った。

結局トイレに入れなかった僕は、誰にも話せないトラウマを背負い込むことになってしまった。

「さて、今日も行こかな。ガネーシャ・モーニングー♪」

朝食を済ませ、トイレに向かおうとするガネーシャを肘《ひじ》で強引に押しのけ、先にトイレに入った。すぐに鍵をかけてガネーシャの侵入を防ぐ。扉の向こうからは、

「おい、台所にするで！　ええんやな！」

「ああ、してもうたで。ごっついのしてもうたでぇ」

というガネーシャの声が聞こえたが一切無視して、わざと念入りにトイレ掃除をしてやった。これで僕の気持ちもちょっとは分かっただろう。

ただ、トイレ掃除からはじまったこの日は、いつもとは少し様子が違っていた。会社についた僕は自分のデスクの汚れが気になって、きれいに片付けた。そのあと、いつか出さ

なければならないと思っていたお礼のメール、得意先への電話……ふだんの僕が苦手とする作業も苦にならなかった。これは、トイレ掃除という面倒なことを朝一番にやった効果なのかもしれない。これからは週に一度くらい、朝のトイレ掃除をしてから会社に行くのも悪くないなと思った。

充実した一日を送った僕は、帰り際に同僚が「飲みに行かないか?」と誘ってきたので(これは、今日頑張ったご褒美《ほうび》だ)なんて思いながら二つ返事でOKした。

*

「なんや、えらい遅かったやないか」

ゲームのコントローラーをカシャカシャと動かしながら、テレビ画面に視線を集中させたままのガネーシャが言った。

「たらいまあ」

「『たらいまあ』やあれへんがな。うわ、酒臭っ。なんや、自分飲んでんのかいな?」

「ちょびっとだけれす」

「どこがちょびっとやねん。へべれけやがな。……って鼻揉《も》むなや!」

僕はガネーシャの鼻を揉みしだきながら言った。

「ねえ、本当はこれ着ぐるみなんでしょ?」

「アホか。皮膚《ひふ》や」

「あ、ジッパーだ。背中にジッパーが」

「あれへんわ！　やめろや」

しばらくの間、僕はガネーシャの背中のジッパーを探したが、結局ジッパーらしきものを見つけることができなかった。僕はガネーシャに言った。

「怒らないから、正直に言ってください」

「なんや、かしこまって」

「あの……」

「おう」

「あなた、ぶっちゃけ、ニセモノでしょ?」

「な、なんやと⁉」

「神様にしてはおかしなところが多すぎるんですよねぇ。神様だったら、こう、さっさと僕を変えてくれてもいいはずだし。物知りかと思ったら、全然知らないこともあるし。ねえ本当に神様なんですかぁ。本当は神様じゃないんでしょ?」

僕はガネーシャの頭をなでながら言った。

「自分、そんなこと言うてたらホンマにバチあたるで」

「バチ？　当ててくださいよぉ。当てられるもんなら当ててくださいよぉ」

そんなことを口走りながら、少しずつまぶたが降りていくのを感じた。今宵は酒を飲みすぎたようだ。ただ、眠りに落ちる時に、

「言うたらあかんこと言うてもうたな、自分」

ガネーシャの不気味な声が、遠くの方で聞こえた気がした。

＊

朝の強い日差しに目を覚ました僕は、すぐ体の異変に気づいた。

身動きがとれないのである。

両手、両足首が縛られている上に体にもロープがぐるぐると巻きつけられていた。

「昨日の晩のこと覚えてる？」

ロープが食い込む体を少しずつ動かしながら、声のする方向になんとか体を曲げた。

そこで見たものに、思わず「うわぁっ！」と声を出してしまった。

「僕」がいるのである。

Yシャツにスーツ。出勤前の僕が、机の上に置いてある鏡を見ながらネクタイを結ぼうとしていた。

なんだ、これは⁉　幻覚か？　今、僕の目の前では何が起きている？　混乱する頭を必死に整理しようとした。記憶をたどるにつれ、顔から血の気が引いていくのが分かった。

昨日酔っ払って帰ってきた僕は、ガネーシャに絡《から》んで……。

「結構なこと、言うてくれよったなあ？」

目の前にいるもう一人の僕は、ネクタイがなかなか結べなくてイライラしている。

「ワシが本物の神様かどうか疑《うたご》うてくれたなあ」

どこかで聞き覚えのある声だった。ま、まさか……。

「もしかして……ガネーシャ？」

「そや。ガネーシャや」

結局結ぶことができなくて、「もうええわ！」とコマ結びされたネクタイを首からぶらさげながらガネーシャは言った。

「ワシ変身できんねん」

変身⁉

どういうことだ？　変身って、まさか、ガネーシャは何か魔法のようなものを使って僕と同じ姿になったというのか？　っていうか、この際そんなことはどうでもいい！　ガネーシャは僕になって、これから何をしでかす気なんだ。しかもこんなふうに僕を縛りつけたりなんかして！

ガネーシャはゆっくりと歩いて、身動きがとれず横たわっている僕の隣まで来ると、どかっと腰を下ろしてあぐらをかいた。僕のすぐ目の前に僕の顔があるのはこの上なく不思議な気分だ。ガネーシャはスーツの胸のポケットからタバコを取り出すと火をつけて言った。

「あかんやん？　あんな遅うに酔うて帰ってきたら」

「す、すみません」

「自分、やらなあかんことといっぱいあるやろ」

「は、はい」

「なんであんなことになってまうわけ？」

「い、いや、それは、その、同僚に誘われたんで……なんといいますか、会社員には付き合いというものがありまして」

「付き合い？」

「は、はい。これは会社員の宿命みたいなもので……」

「ちゃうな」

「はい？」

「自分、根本的にちゃうわ。考え方が」

「どういうことでしょうか？」

「ええか？　まず、誘われて行くっちゅうことやねんけど。これって、ようするに『反応』しとるちゅうことやろ。分かる？」

「い、いやあ、ちょっと分からないです」

するとガネーシャは「今から大事な話するからよう聞いとけや」と言ってタバコの煙を吐き出した。

「世の中のほとんどの人間はなあ、『反応』して生きてんねや」

「『反応』ですか？」

「そうや。自分から世の中に働きかけるんやのうて、自分の周囲に『反応』しとるだけなんや。親から言われて勉強して、みんながやるから受験して、みんなが就職するから就職して、上司から『これやっとけ』言われるからそれをやって、とにかく反応して、反応し続けて一生終えるんや。そんなんで、自分の人生手に入れられるわけないやんか。自分の人生手に入れとるやつらはな、全部自分で考えて計画立てて、その計画どおりになるように自分から世界に働きかけていくんや。分かるか」

「は、はい。なんとなく」

「もっと具体的に言おか。たとえばその日のうちに自分がやらなあかんことがあるとするやん。夢とか目標とか、そういうの中心に毎日の生活組み立ててったら、飲みの誘い断ってたかもしれへんやん。でも自分は『誘われたから』行ったんや。誘われた、という周囲からの働きかけに対して、反応して、流されたんや。そやろ?」

ガネーシャの言うことには、確かに思い当たる部分が多い。多いのだけど。

ぐるぐる巻きにされ身動きの取れない状態でそんな話をされても……。

とにかく、僕にはガネーシャの話を聞き続けるしか選択肢はなかった。

ガネーシャは言った。

「スティーブン・キングくん知っとる?」

「はい、知ってます。小説家ですよね。『スタンド・バイ・ミー』という映画を観ました」

「ま、あの子も最近ではなんかあったらすぐ映画化されよるまでに成長したんやけど、彼ね、小説家になる前は、学校の先生やっててん」

「そうなんですか?」

「せや。でも小説家になるために、学校から帰ってきたあととか、週末とか、ずっと小説書いとったんや。そうやって自分の時間を自分でコントロールして、今の地位築いてんねん。ワシは自分にそういうの見習って欲しいのよ」

「は、はい」

「会社終わったら自由やから遊んでええちゅうわけやないねんで。むしろ逆やで。会社が終わったあとの自由な時間ちゅうのはな、自分がこれから成功していくために『自由に使える一番貴重な時間』なんや。ええか、これからは仕事終わったらまっすぐ帰宅せえ。そんで一番大事なことに使えや。分かったか？」

「はい」

「ほな、行ってくるわ」

「え？　どこに行くんですか？」

「どこって……」

ガネーシャは玄関に向かって歩きながら言った。

「会社に決まっとるやろ」

会社？

「あ、あの……」

「なんや？」

「会社って、どの会社ですか？」

「どの会社って、そんなもん自分の会社以外あれへんがな」

「ちょ、ちょっと、ちょっと！　待って！」

僕は全身を左右に揺らし、縛りを解こうとしたが、頑丈《がんじょう》に巻かれているロープが体に食い込むだけだった。

「やめてください！　どうして、どうしてそんなことするんですか⁉」

ガネーシャは立ち止まって振り返った。そしてニヤリと笑って言った。

「バチが当たったんやろなあ」

遠ざかっていくガネーシャの背中を見ながら、僕の全身は嫌な汗でびっしょりと濡れていた。

［ガネーシャの課題］

まっすぐ帰宅する

8

二時間近くかけて、やっとのことでロープを解いたあと、ベッドから転がり落ちた僕はイモ虫のように這《は》って移動し、机の引き出しからハサミを取り出して、手足の自由を取り戻した。

とんでもないことになってしまった。僕の姿をしたガネーシャが、会社に行ってしまったのだ！　僕はすぐに充電器から携帯電話を取り外し、会社の番号を呼び出そうとした。

しかし、そこで手が止まった。

（でも、なんて説明したらいいんだ……）

今、会社にいる僕の姿をした僕は、実は神様で……だめだ。意味不明だ。むしろ電話をした僕が何者なのか疑われる可能性の方が高いんじゃないか？

考えた末、僕は携帯電話の電源を切ることにした。ガネーシャが何をやらかしていたとしても、かかってきた電話を僕が取ると、どんどん話がややこしくなるような気がしたからだ。

僕は、立ち上がって部屋の中を歩き回ったり、ガネーシャが取り返しのつかないことをしていないか、いや、ガネーシャのことだからきっととんでもないことをしでかしているだろうと想像しては、頭をかきむしった。鼻を振り回しながらオフィスを飛び回っているガネーシャ、女性社員にちょっかいを出しているガネーシャ、次から次へと身の毛もよだつような映像が思い浮かんだが、それも想像し尽くしたあとは、もう腹をくってガネーシャの帰りを待つしかないと心に決めた。

「自由な時間は自分が成功するために使う一番貴重な時間」

確か、ガネーシャはそんなことを言っていたな。

僕は、この自由な時間を有効に使う方法を考えてみることにした。ノートとペンを取り出して、思いつくままに文字を走らせてみる。僕はこれからどうしていきたいのだろうか。そもそも、どうして変わりたいと思ったのだろうか、そんなことを書きながら考えた。

こうして僕が考えたことは、まだはっきりとした形になってなくて、とりとめのないようなことばかりだったけれど、仕事でへとへとになって帰ってきたら、絶対に考えられないようなことばかりだった。

その時僕は思った。

仕事で毎日を忙しくしている僕たちにとって、何もしない時間を持つ、というのはそれだけで意味のあることかもしれない。

ガネーシャの帰宅は思ったより早かった。

玄関の方でバン！　と扉を開く大きな音がしたと思ったら、どすどすどす、という豪快な足音と共に、僕の姿をしたガネーシャが居間にやってきた。

「なんやねん！　あいつらなんやねん！」

事態が飲み込めない僕の前で、ネクタイを床に叩きつけ、Yシャツを脱ぎ捨てると一瞬大きな光がガネーシャを包み込み、ガネーシャはいつものゾウの姿になった。

「あ、あの……」

「なんや！」

あまりの剣幕に僕は言葉を続けるのをためらいつつも、恐る恐るガネーシャに聞いてみた。

「あの……会社で何かあったんですか？」

しかし、ガネーシャは、

「あったどころの騒ぎやないわ！」

一喝したかと思うとそのまま押し入れの中に入り、うんともすんとも言わなくなった。

会社で一体何が……。

僕の不安はますます募るばかりだった。

＊

あくる日。

オフィスの前に到着した僕は、扉を開く勇気を持てずにいた。家に戻ってくるなり押し入れの中に引きこもったガネーシャの不可解な行動。昨日、この扉の向こうで、僕は何をやらかしてしまったのだろうか。オフィスに背を向けてそのまま帰ってしまいたい衝動に駆られた。

しかし、事の真相は扉の向こうにしかないのだ。

ええい、ままよ！

僕はＩＤカードをセキュリティに通した。

早朝のオフィスはしん、と静まり返り、時折、パソコンを叩くカタカタという音だけが響いている。なぜかしのび足で自分のデスクに座る。周囲を見回す。数人の社員と目が合った。しかし彼らはすぐに視線をそらし自分の作業に戻っていった。

怪しい。ますます不安がこみあげてくる。

僕は思い切って隣のデスクの女の子にたずねてみた。

「あ、あの……」

「は、はい」

声をかけられた彼女はびっくりした顔で僕を見た。その顔を見ただけで、ため息が出そうになったが、勇気をふりしぼってたずねた。

「こんなこと聞くのもなんだけど、昨日の俺、変じゃなかったかな？」

するとしばらくしてから彼女は口を開いた。

「変と言えば、正直、かなり変でした」

やっぱり！　ガネーシャのやつ！　何かやらかしている！

ショックでめまいがしたが、なんとか持ちこたえると、彼女にこう言った。

「最近いろいろあって、自分でも何をやってるか分からなくなることがあるんだけど……昨日の俺、具体的にどんな感じだった？」

彼女の説明は次のとおりである。

まず、昨日の朝、会社にやってきた僕（ガネーシャ）は、自分のデスクではなく違う社員のデスクに座って勝手に引き出しを開けたり閉めたりしていた。そのデスクの持ち主がやってきて、「お前何やってんだ？」と怒り出し、それからしばらく口論が続いたが、ふらふらと歩き出し自分のデスクに座った。それからは、特に何をするでもなくぼーっとしていたようだが、ふいに、隣の席の彼女にこうたずねた。

「ねえ、君、ガネーシャって知ってる?」

するとと彼女は「いや、ちょっと分からないです」と答えたのだが、その後の彼女の言葉でガネーシャの態度が急変した。

彼女はこう言った。

「ガネーシャというのは……調味料か何かの名前ですか?」

その言葉を聞くやいなや顔を真っ赤にして、「何言うてんの君、ええかげんにしときや」となぜか関西弁で怒り出した。彼女は困惑して「すみません」と謝った。そのあとは、ぶつぶつと独り言をつぶやいたあと、何を思い立ったのか急に立ち上がり、近くの社員を捕まえては「ガネーシャって知ってる?」「ガネーシャって何のことか分かる?」と聞き込み調査を開始した。

しかし、返ってくる答えは「知らない」「分からない」ばかりだった。それが原因なのか、非常にいら立っているように見えた。ただ、唯一「家の近くのカレー屋がそんな名前だった」という回答に対しては少し機嫌を良くしていたとのことだった。

しかし、結局のところ誰も「ガネーシャとは何か?」という質問に答えられず、また謎の質問を繰り返すことで気味悪がられ誰も近づかなくなった。

それからしばらくの間、ガネーシャはぼーっと宙を見ていたが、突然「なんでやねん!」という言葉を残してオフィスから飛び出して行った。その後同僚の間では「あいつ、どうしちゃったんだ？」「頭がおかしくなったのか？」などと噂され、フロア全体がざわざわとしはじめた。ガネーシャがいなくなってからずっと騒ぎは続いていたが、ある瞬間、ピタリとざわめきが止まった。オフィスの入り口にガネーシャが立っていたからだ。

両手に大きな紙袋を抱えていた。

皆の視線が集まる中、ゆっくりとデスクに戻り、どん、と紙袋をデスクの上に置いた。紙袋からは大量の「白玉あんみつ」がごろごろと飛び出してきた。そして部長に肩を叩かれるまで、ガネーシャはずっと白玉あんみつを食べ続けていた。

「さっきから何をしてるんだ？　お前は会社に遊びに来ているのか？」

部長は険しい表情でそう言ったが、ガネーシャは何も答えず、ただあんみつを食べ続けた。

「おい、聞いているのか？」無視してあんみつを食べ続ける。

「おい！」

声を荒げた部長は、ガネーシャが持っていたあんみつの容器をパンと手で払った。容器からあんみつの汁が飛び出て机と床を濡らした。

「何すんねん！」

「何だお前は！　会社を何だと思っている！」

「お前こそあんみつを何やと思てんのや！」

「上司に向かってその口の聞き方は何だ！」

「お前こそ、その口の聞き方は何や！　ワシのこと誰や思てんねん！　ワシャ、ガネーシャやぞ！　神様やぞ！」

そして、

「神様なんやぞぉ！」と、泣きながらオフィスを飛び出して行った。

そのままオフィスに戻ってくることはなかった。

＊

「申し訳ありませんでした！」

ほとんど土下座する勢いで部長に頭を下げている僕がいた。部長は怒るというより不安げな表情で「お前、大丈夫か？」と言った。頭がおかしくなったと思われても無理はない。それでも僕はひたすら頭を下げ続けた。

そして、その日僕は、誰よりも一生懸命働き、自分がまともな人間であることを部長にアピールした。しかし、失った信頼を取り戻すにはこれからかなりの時間を必要とするだろう。……ガネーシャのやつめ！

＊

仕事を終えた僕は、まっすぐ帰宅した。昨日ガネーシャから出された課題だったというのもあるけれど、早く帰ってガネーシャに文句の一つも言ってやろうと思ったのだ。

しかし……誰も自分のことを知らなかったのが本当にショックだったのだろう。ガネーシャはずっと押し入れの中にいて出てこようとはしなかった。いつもズボラでだらしない神様だけど、ガネーシャが実は繊細な心の持ち主であるということは、ふだんの生活からなんとなく気づいていた。自分好きな人というのは人一倍傷つきやすかったりするものだ。

「あの……」

「……」

「元気出してください」

「……」

「日本には、まだガネーシャの名前を知らない人が多いみたいですけど、分かる人には分かってるはずです、あなたがいかに偉大な神様であるかということは」

「……」

しかし、ガネーシャは一言も返さず、押し入れの扉は閉まったままだった。

「これ、置いておきますね」

僕は押し入れの前に、会社から持ち帰ってきた紙袋をそっと置いておいた。デスクの下に放置されていた、白玉あんみつの入った紙袋だった。しかしガネーシャの反応はない。仕方なく、僕は残っていた仕事の続きをやるために机に向かった。

数分後。

押し入れの近くでがさごそというビニールのすれる音がした。それからピチャピチャと水の跳《は》ねる音が聞こえてきた。

振り返ると、目を真っ赤に腫《は》れ上がらせたガネーシャが白玉あんみつを食べていた。

僕はガネーシャにたずねた。

「あんみつ、おいしいですか」

するとガネーシャは答えた。

「あたりまえやがな」

「日本にもこういうおいしい食べ物があるってことで、どうでしょう?」

「アホか。あんみつはあんみつや」

そう言ってガネーシャはあんみつを食べ続けた。しかし、それからしばらくして、ガネーシャがぽつりとつぶやいた。

「おおきに」

電気を消したあと、布団に入り横になっている僕に、押し入れのガネーシャが話しかけてきた。

「自分、ええとこあるなあ」

僕は照れくさくなって答えた。

「そんなことないですよ」

しかし、ガネーシャは少しマジメな口調で言った。

「いや、自分、ちょっとずつやけど成長してるで。ホンマに」

「そ、そうですかね」

もしかしたらガネーシャからほめられたのははじめてかもしれない。僕はなんだかむずがゆい感じがした。

ガネーシャは言った。

「今までワシが出した課題、覚えとる？　ちょっと思い出してみ」

今まで出された課題か……。僕はガネーシャの課題を振り返ってみた。

靴をみがく
コンビニでお釣りを募金する
食事を腹八分におさえる

人が欲しがっているものを先取りする
会った人を笑わせる
トイレ掃除をする
まっすぐ帰宅する

「どや？」

「こうやって振り返ると、いつも三日坊主の僕にしては頑張れたほうだと思います」

するとガネーシャは言った。

「ええか？　こうやって自分が頑張れてるの確認するんはめっちゃ大事なことなんやで。それ、なんでか分かる？」

「それは……自分を盛り上げるためですか？」

「まあそれもそうやけど、もっともっと大事なことがあんねん。それはな、『成長したり頑張ることは楽しい』って自分に教えていくためやねん。頑張らなあかん、頑張って成長せなあかんてどれだけ思ってもなかなか頑張れんのが人間やろ」

「そうですね。確かに、頑張ろうって決めてもすぐに嫌になってしまいます」

「なんでそないなると思う？」

「それは……意志が弱いから？」

「まあそう思うわな。でもな、頑張ろうと思ても頑張られへん本当の理由、それはな、『頑張らなあかん』て考えること自体が楽しないからなんや。そんで楽しないことはな、結局続かへんねん。自分、手塚治虫くん知ってるやろ」

「はい。『鉄腕アトム』や『ブラックジャック』を描いた漫画家ですよね」

「そうや。治虫くんは六十歳で亡くなってるんやけど、死ぬ直前の、入院してる病院のベッドの上でも漫画描いてたんよ」

「そ、それはすごいですね」

「まあな。でもそれは確かにすごいことやけど、ある意味、すごくないことでもあるんや」

「あの……ちょっとおっしゃる意味が分からないのですが、どういうことなのですか？」

「自分らはな、成功してる人の仕事のやり方聞くと『努力家だなあ』て思うやろ。そして同時にこうも思うはずや。『自分にはとても同じことはできない』。でもな、手塚治虫くんは、努力家やったんかな？　いや、確かにそういう面もあると思うで。でもな、病院のベッド上で死にかけてんのに、『努力しよう』とか『我慢して頑張ろう』とは思わへんのちゃうかな？」

「たしかに、そうですよね。嫌なことを無理して頑張ろうとは思わないでしょうね」

「それでも描くちゅうことはな、単純に『やりたかったから』やと思うねん。とにかくやりたかったから、つい描いてしもたんやろなあ」

「なるほど」

「でも、『やりたいからやってしまう』これって、すごいんやろか?」

「それは……」

「むしろ、普通のことやん? でも、自分らは、心の底ではやりたない思てることや、嫌いなことを無理やりやろうとするやろ。努力せないかん、我慢して頑張らなあかんいうて、努力することそのものを目的にして頑張ろうとするやろ。そんなもん続くわけないで。なんちゅうても、本音はやりたないんやから」

僕はガネーシャの言葉に救われる気がした。成功している人の努力やストイックさは、何か特別な力で自分を動かしているのだと思っていたからだ。でもガネーシャの言うことが本当なら、その状態になるのは誰にでも可能だということになる。

「これからはな、毎日寝る前に、自分がその日頑張れたこと思い出して『ようやったわ』てホメや。一日のうち、絶対一つは頑張れてることあるから、それを見つけてホメるんや。一日の最後はな、頑張れんかったこと思い出して自分を責めるんやなくて、自分をホメて終わるんやで。そうやってな、頑張ったり成長したりすることが『楽しい』ことなんや、って自分に教えたるんや」

「分かりました。やってみます」

僕は目を閉じて今日一日を振り返った。自分としても頑張れたなあと思えることがいくつか見つかった。そして、何より頑張れている自分を確認するのはすごく楽しい作業だった。これは素晴らしい習慣だと思う。

しかし、こうして僕が感心しているころには、すでにグワァ！ といういびきが押し入れから聞こえていた。

もう寝てしまったのか。

まるで子どものような神様だな。

［ガネーシャの課題］

その日頑張れた自分をホメる

9

目を覚ますと、ガネーシャが目を細めておいしそうにタバコを吸っていた。昨日は押し入れの中にずっと閉じこもっていたから吸えなかったのだろう、目いっぱい吸い込むと、ゆっくり煙を吐き出して言った。

「うまぁ」

そしてもう一度タバコに口をつけ、目を細めて煙を吐いた。その後、ガネーシャの口から意外な一言が飛び出した。

「ワシも禁煙してたんやけどなあ」

「え？　そうなんですか？」

「そやで。自分に会う前、ずっと禁煙してたんや。でもこの部屋きてタバコみつけたら、つい吸いとうなってもて。一本だけにしよ思て吸うたら、なんや、今までやめてた分だけニコチンがシンフォニーを奏でながら押し寄せてきてやな、結局このありさまや」

「あの……」

「なんや？」

「あなた、神様ですよね」

「そうや。いかにも神様や」

「でも、やってること人間じゃないですか。しかもむしろダメな方の……」

「ダメな方とか言うなや！　ワシもワシで頑張っとんねん！　自分と戦っとんねん！」

そしてガネーシャはあかんわあと言いながら、新しいタバコに火をつけた。

これは、今まで何度も思ってきたことだけど、改めて思った。

この神様についていって、本当に大丈夫なのだろうか？

ガネーシャはしばらく考え事をしている様子で、無言のままタバコを吸っていたが、そや、と何かを思いついて言った。

「次の課題はこれにしよか。『一日何かをやめる』」

「何かをやめる……」

「そうや。まあタバコやのうてもええねんけどな。いつもやってることとか、時間使うてること、前からやめたいなあ思てたこと、なんでもええから『一日やめてみる』んや」

「……なるほど。ちなみにそれにはどんな意味があるんですか？」

「深い話になるけどええ？」

「はい。お願いします」

「めっちゃ深いで。それでもええ？」

「はい。ぜひ」

「マリアナ海溝やで」

「何がですか？」

「深さがや」

「……はい。お願いします」

「いや、無理やわ。言うても自分、マリアナ海溝の深さ分かってへんもん。めっちゃ深いで。想像を絶する深さやで。自分、マリアナ海溝ナメとったら足元すくわれるで。まあ深すぎて、そのすくわれる足元がないっちゅう話やねんけど」

「早く話せよ」

——気づいたら、タメ口だった。

「す、すみません」すぐに謝った僕だったが、ガネーシャも虚を突かれたのか、「え、ええんや。ええんやで」とそわそわしながら説明をはじめた。

「たとえば、今の自分みたいにな、変わりたい、今までとは違う人生歩きたいと思た時、普通やったらどないする？」

「そうですね……何か新しいことをはじめようとするでしょうね」

「そうするわな。ま、それも一つの方法やわ。新しいことはじめてうまくいく場合もあるで。でもな、それだけやったら変わるのは難しいねん。むしろみんな『新しいことをはじめよう』思うからなかなか変われへんねん。何て言うたらええんかなあ……誰もがそれぞれ時間という『器《うつわ》』を持ってんねや」

「『器』ですか……」

「そうや。たとえば、一日は二四時間やろ。これは誰にでも与えられた平等な器や。で、今、自分の器はぱんぱんに詰まってるわけやな。会社行ったり、友達と会《お》うたり、寝たり、マンガ読んだり、そうやって二四時間ぱんぱんにして過ごしてんねや。その器にこれから新しいもん入れようとしても入れられへんやろ。もうぱんぱんやねんから。さてここで質問や。そんなぱんぱんな状態から新しい生活を手に入れよう思たらどうしたらええ？」

「何かをやめて時間をつくる？」

「そのとおりや。『捨てる』とも言えるな。そうやってぱんぱんに入った器から何かを外に出すんや。そしたら空いた場所に新しい何かが入ってくる。それは、勝手に入ってくるもんなんや。たとえば、自分の周りで会社辞めたやつも、意外としぶとう生きてるやろ。それは、会社辞めることで空いた器に何か新しい仕事が入ってきとるからやねん。とにかく、人生変えていくいうのは、そういうイメージやねん。分かる？」

「はい、なんとなく」

「自分、カーネル・サンダースくん知っとるやんな？」

「そりゃもう知ってますよ。ケンタッキーフライドチキンをつくった人ですよね」

「そうや。でもな、自分らが大好きなフライドチキンも、彼が『捨て』なんだら、今ごろは食べれてへんかもしれんのやで」

「それは、どういうことですか？」

「カーネルくんはな、昔はカフェを経営しとったんや。サンダースカフェ、いうんやけどな。でも、当時の大統領のアイゼンハワーくんの政策でな、サンダースカフェのあった国道とは別に、新しい道路を建設することになったんやな。で、その道路ができれば売り上げが減るんは目に見えとる。でも、二五年もやってたカフェで愛着もあるし、商売を続けるかどうか、カーネルくんも相当悩んどったで。何回かワシんとこ来たもん。『どないしましょ？』言うてな」

「はぁ……」

「でもカーネルくんは悩んだ末に、店閉めることにしたんや。で、まあ年金もろて余生送ってこ思てたんやけどな。ところが、あてにしとった年金が思てたより全然少なかったんや。で、『やばい！』いうことになってな。何とかせなあかんていうて、いろいろ考えたんやけど、もうレストランものうなって、財産もなんものうて、唯一あるいうたら、カフェやってた時に人気があったフライドチキンだけやったんや」

「なるほど……。でも、もうレストランないんですよね。フライドチキン売ろうにも売りようがないじゃないですか」

「そこや。そんでカーネルくんが考えた苦肉の策が『自分のフライドチキンの作り方を他のレストランに売る』だったんや。それが今のケンタッキーのフランチャイズのはじまりなんやで」

「へぇ……そうだったんですね」

「でもな、それもこれも、カーネルくんが長年続けてきたカフェを手放さなんだらなかった話なんやで。まあ、カーネルくんくらい思い切ったことせんでもええから、まずは小っさいことからはじめてみいや。酒でもタバコでもテレビでもインターネットでもなんでもええ。とにかく一日だけでええからやめてみ。そんで、そのやめた場所に何が入ってきとるか注意深く見てみいや」

　そしてガネーシャはゆっくりと言った。


　自分、こういう言葉聞いたことあるか。

「何かを手に入れるには、相応の代償を払う必要がある」

　この言葉も同じことを言い表しとるんやで。

　どんだけ欲張っても、器以上のことはでけへんのや。

　宇宙はそういうシステムで動いてんねやで。

そう言ってガネーシャは宙を舞った。すると突然僕の部屋は真っ暗になり、プラネタリウムのようにキラキラと星が輝きはじめた。これもガネーシャの持つ力の一つなのだろう。その光景はすごく神秘的で、僕はそのままどこまでもどこまでも漂っていたいと思った。

ただ、その空間の中に響き渡る、ガネーシャの、

「な、深いやろ。めっちゃ深いやろ？　な、な！」

という声には心から興ざめした。

［ガネーシャの課題］

一日何かをやめてみる

10

会社から帰ってきた僕は、いつもなら最初に入れるはずのテレビの電源を入れなかった。ついでにノートパソコンを立ち上げるのもやめた。インターネットをはじめると、メールが来ていないか、何分かおきについチェックしてしまうし、更新されてもいないサイトを確認してしまう。

するとぽっかりと時間が空いた。ふだんはテレビやネットを見て過ごしていた時間をどう使おうか考えてみることにした。

僕は久しぶりに本を読んだ。

正直言うと、本はあまり好きではない。最後まで読み切るのはしんどいし、一度読むのをやめてしまうと次に開くのが面倒になってしまう。でも、本を読んだ時、何か新しい発見があったり考え方に出会ったりするのも事実だ。

「励んどるようやな」

ガネーシャがガラス戸を開けて、ベランダから部屋に戻ってきた。タバコ臭かった。

「ワシも最後の一本吸うてきたで」

「何ですか、最後の一本って」

「いや、タバコやめよ思て。自分だけにつらい思いさせられへん」

僕はこの時、ガネーシャって実は結構いいやつなんじゃないかと思った。いつもいい加減なことばっかりやってるけど、一緒に頑張ってくれるなんて、まるで昔からの親友みたいなことをするじゃないか。

「で、何をやめたん?」ガネーシャは僕に聞いてきた。

「今日は、とりあえず、テレビとインターネットをやめてみました。その代わりに本を読んでいます」

「本か。ええこころがけや。一つええこと教えたろか。リンカーンておるやろ。昔アメリカ大統領やっとった子やな。あの子めっちゃ本が好きでな、いっつも本読んどったんや。で、あの子の有名な演説くらい知っとるやろ。人民の……いうやつ」

「はい。『人民の、人民による、人民のための政治』ですね」

「そや、それ『ゲティスバーグ演説』いうんやけど、実は似たようなセリフが、ある牧師の演説集に載っとったんや。いっつも本読んどったリンカーンくんはたまたまそれ見つけてな、そのまま使《つこ》うたわけや」

「マジすか」

「マジやねん。引用やねん。そういうの多いんやで。たとえば、福沢諭吉くんの学問のススメの『天は人の上に人を作らず人の下に人を作らず』いう有名な台詞あるやろ」

「はい、はい。知ってます」

「あれな、アメリカ独立宣言からの引用なんやで」

「へぇ……」

「ま、テレビもちゃんと意識して観たら勉強になる部分あるんやけど、受身になりがちやからな。見るのって結局『楽』やしなぁ。あ、これ覚えときや。楽なもんで体にええもんほとんどないで。筋肉も、筋肉痛になってはじめて成長するやろ。脳みそもいっしょやで。楽なことばっかしてたらどんどんふやけていって使い物にならんようになるで」

たしかに、楽なことをするだけで成長できるなら、みんな成長してるもんなあ。

「だからテレビやめたんはええ心がけや。ただ……」

「ただ……?」

「まだ足りひんなあ」

「といいますと?」

「自分テレビ見んとこうと思ても、また何日かしたら、なんとなく見てまうやろ?」

「いえ、これからはテレビを見るのはほどほどにして、時間の使い方を改めようと思います」

「そう思てるだけやろ?」

「いや、大丈夫です。できるだけ見ないと決めました」

「でも、たぶん見てまうやろ?」

僕はガネーシャの言葉にイライラしてきた。どうしてガネーシャは僕が頑張ろうとしているのに足を引っ張るようなことを言うのだろう。

「なぜ僕がテレビを見てしまうと決めつけるんですか?」

するとガネーシャはさらっと流すように言った。

「そら、今までかてそうやったからや」

そして、ガネーシャは僕が今、ちょうど読んでいた本を指差した。

「この本、いつ買《こ》うてきたん?」

僕はぎくりとした。実は、この本は、何か月か前に「今月からは一か月に五冊は本を読もう」と決めて買ってきた本だった。結局最初の数ページだけ読んで、そのまま本棚で眠っていたのだ。

決める。でもできない。僕の生活はその繰り返しだった。

「なんででけへんか教えたろか?」

「……はい。お願いします」

「自分は、今日、テレビを見いひんて決めたやんな?」

「はい」

「これ、何が変わった？」

「何が変わったか、ですか？」

「何も変わってへんやろ」

「い、いや、そういうわけではないでしょう。僕はテレビを見ないと決めたんですから、意識が変わったんじゃないですか？」

「今から言うことは大事なことやから覚えときや。人間が変わろう思ても変われへん最も大きな原因は、このことを理解してないからや。ええか？　『人間は意識を変えることはできない』んやで」

「意識を変えることはできない……」

「そうや。みんな今日から頑張って変わろう思うねん。でも、どれだけ意識を変えよう思ても、変えられへんねん。人間の意志なんてめっちゃ弱いねん」

「それは、そのとおりです。人はみんな自分で決めたことがなかなかできません」

「それでも、みんな『意識を変えよう』とするやん？　それなんでか分かるか？」

「さあ？　どうしてですか？」

「『楽』やからや。その場で『今日から変わるんだ』て決めて、めっちゃ頑張ってる未来の自分を想像するの楽やろ。だってそん時は想像しとるだけで、実際にはぜんぜん頑張ってへんのやから。つまりな、意識を変えようとする、いうんは、言い方変えたら『逃げ』

やねん」

意識を変えようとするのは、逃げ。僕はそんなことを今まで考えたこともなかった。「一か月で本を五冊読む」そう決めてこれから変わっていく僕の人生を想像するのは、確かに楽しかったし興奮した。でもそれが逃げだったなんて。

「それはある意味、自分に『期待』してるんや」

「期待、ですか」

「そうや。たとえば自分は『今月から本を毎月五冊読む』と決めても実際はでけへんのに、未来の自分に期待してしまいよる。読める思てしまいよる」

確かに、「○○をやる！」と決めて興奮している時は、それを実際に行動に移すときの、つらい作業を忘れているのかもしれない。

「本気で変わろ思たら、意識を変えようとしたらあかん。意識やのうて『具体的な何か』を変えなあかん。具体的な、何かをな」

ガネーシャは重要な言葉を繰り返しながら、ゆっくりとした口調で続けた。

「『テレビを見ないようにする』この場合の具体的な何かって分かるか？」

答えられずにじっとうつむく僕の横を通り過ぎ、ガネーシャはテレビの近くで立ち止まった。

「それは、こうすることや」

ガネーシャはテレビのコンセントを抜いた。

「テレビのコンセント抜いたら、テレビ見たなっても、一度立ち止まるやろ。そしたら今までよりテレビ見いひんようになる可能性は、ほんの少しだけやけど、高くなるやろ。もっと言えば、テレビ捨ててしもたら見られへんようになるわな。だって無いんやもん。見ようがないいやん。いや、ワシはテレビ捨てなあかん言うてるわけやないで。テレビを見るとか見いひんとか、そんな細かい話をしとるんやない。ええか？　ワシが言いたいのはな、自分がこうするて決めたことを実行し続けるためには、そうせざるを得ないような環境を作らなあかんいうことや。ただ決めるだけか、具体的な行動に移すか。それによって生まれる結果はまったく違ってくるんやで」

そしてガネーシャは鋭い視線を僕に向けた。

「覚えとき。それが、『変わる』ってことやねんで」

そして、ガネーシャは、さらに視線を鋭くして言った。

「ちなみに、これが、『変われない』ってことやねんで」

ガネーシャはプルプルと震える手でタバコを取り出した。すでに禁断症状が出ているようだった。ガネーシャは、タバコに火をつけ思い切り吸い込むと、長い鼻からぷぁあと煙を吐き出してしみじみと言った。

「なんでタバコってこんなにうまいんやろなあ」

結局、ガネーシャが禁煙に成功したのは数分間だった。

［ガネーシャの課題］

決めたことを続けるための環境を作る

11

「あれ？　ソファは？」

押し入れからのそりと出てきたガネーシャはさっそく部屋の変化に気づいたようだった。

「ソファは捨てました」

「なんでやねん」

「あれがあると寝てしまうんで」

僕なりに考えた。テレビを見ないようにするにはコンセントを抜く。それと同じ原理だ。僕は、会社から帰ってくるとソファにごろんと横になってしまう癖《くせ》があって、そのまま寝てしまう日も少なくない。でもソファで寝ると朝起きた時に体の節々が痛いし、風邪をひいてしまうこともある。歯だってみがけてない。ちゃんとベッドに入って眠ればこういうことはないと思うのだけど、あの仕事帰りのごろんの誘惑にいつも負けてしまうのだ。前からなんとかしないとなあとは思っていた。

自分を変えるんじゃなくて、環境を変える。その小さな一歩として僕は粗大ゴミ収集業者に電話をした。

「またえらい思い切ったことしたなあ自分」

「ええ。僕もやるときはやりますよ」

ふん、とガネーシャを見下ろした。がらんと広くなった部屋は新しい生活の幕開けを表しているような気がした。思い切った行動をとった僕は気分が高揚していた。

我ながら好判断だと思う。しかし、またガネーシャは僕のやる気に水を差すようなことを言い出した。

「まあそういうのもええねんけど。自分もっと身近なとこ見落としてへんか?」

「身近ですか?」

「そうや。昨日ワシ言うたよな」

「『意識を変えるな、環境を変えろ』ですよね」

「そや。じゃあ聞くねんけど、一番身近なところで変えられるものってなんや?」

一番身近で変えられるもの……。

「ヒント出そか」

そう言うとガネーシャは近くにあったノートを開き、数字や文字を書き出した。

Gf9Lovek11nb 集中!

「なんですかこれは」

「ガ・ネーシャ・暗号《コード》やね」

「今思いつきましたよね」

「うん。今思いついた」

「思いつきで時間引き延ばすのやめてください。僕も暇《ひま》じゃないんですから」

「ワシはめっちゃ暇やねん。時間セレブやねん」

話しても無駄だ。こういう意味のないやりとりこそがガネーシャの望んでいるものなのだから。しょうがない。僕はさっさとこの暗号を解いてガネーシャの課題を聞き出すことにした。


Gf9Lovek11nb集中！


しかし。

文字を足してみたり、組み合わせを変えてみても、この不規則に並ぶアルファベットと数字の意味するところを解明することはできなかった。だいたい最後の「集中！」って何だ？

「……すみません。分かりません」

「どうしても分からんか」

「はい」

「しゃあないな。ワシの出番か」

そう言うとガネーシャはアルファベットの周囲に線を引いたり、数字を書き足したりして、ああでもないこうでもないと暗号と格闘しはじめた。そしてしばらくしてからペンを置き、ため息まじりに言った。

「……あり得へん」

「え？」

「複雑に張りめぐらされた数式にガードされて答えまでたどりつけへんのや。はっきり言うわ。この暗号考えたやつ天才やで」

呆然とする僕に向かってガネーシャは言った。

「名前は？」

「は？」

「これ考えたやつの名前や！」

「いや、それは……」

「ガネーシャやな。確かにガネーシャなんやな⁉」

何も言ってないのに、ガネーシャはノートを手に取り、すごい勢いで文字を書いていった。「そうか！　そうか！」何度もうなずき、そして「わかったで！」と叫び、テーブルの上にノートをバンッと置いた。そこにはこう記されていた。

Gf9Lovek11nb集中！

←

ガネー《G》シャ　ファ《f》ンク《9》ラブ《Love》　会員《k11n》募《b》集中！

僕はガネーシャの頬を張った。

渾身《こんしん》の力で張った。

ガネーシャは殴られた頬を手でおさえ、小刻みに震えていた。そしてうるうるとした瞳で、懇願するように僕を見上げたが、僕は右手を振り上げ二発目の用意があることを示した。

「服です」

ガネーシャは言った。

「服は変えられることのできる環境の一つです。ナポレオン・ボナパルトくんも言うてはります。『人はその制服の通りの人間になる』と。服装が人の意識に与える影響は見逃せまへん。自分に自信の持てる服を身につければ、言動も変わると言われとります」

ガネーシャは続けた。

「シャネルちゃん知ったはります？　シャネルちゃんの時代は、女はコルセットをつけて重いドレスを着るんが一般的で、それ着てお人形さんみたいにじっとしとけ、いうのが社会の常識やったんです。それをシャネルちゃんは全部ぶっこわして、動きやすいスーツやパンツをはくスタイルを作ったんです。これが女性の考え方に影響を与え、女性の社会進出をうながしたとまで言われてるんです」

「ほう」

「あ、それと……この部屋には全身鏡がおまへんですやろ？　全身鏡を入り口において、家を出る前に必ずチェックするようにしはったらいかがですか。やれトイレ掃除や、靴みがきや言うてきましたけど、外見を清潔に保つんは大事です。意識や内面を変えることは難しゅうおます。そやけど外見は変えられるんです」

僕は、ゆっくりとうなずいた。

［ガネーシャの課題］

毎朝、全身鏡を見て身なりを整える

12

「暴力はあかんよ暴力は」

ガネーシャは赤く腫れ上がった頬をさすりながら言った。

「びっくりしたで」

「すみませんでした」

「一度もないよ。神様稼業はじめてから、殴られたこと一度もないよ」

「す、すみません」

「痛さっていうより、驚きの方が先行してるわ。むしろ新鮮やったもん。神様に手出すて、これ逆転の発想やで」

「……本当にすみません」

「ちゃうねん。これ自分のことホメてんねんで。ワシ、今まで自分のこと、そこらへんにおるただの会社員やと思てたけど何かダイヤの原石持ってるかもしれへんな。もしかしたらワシ、その原石見落としとったかもしらん」

なぜか感心しているガネーシャだった。

「ピーター・ドラッカーくんがこんなこと言うてたな。『強みの上に築け』て。自分の得意なことを徹底的に伸ばしていくんが成功につながるっちゅう意味や。知っとるやろ？」

「知りません」

「無学やな。完膚《かんぷ》なきまでに無学やな自分。じゃあ、マイケル・ジョーダンくんは？」

「そりゃもう、知ってます。伝説的なバスケットボールの選手ですよね」

「そや。あの子なんやけど、一時期、急にプロ野球に転向したの覚えてへん？　ワシが『やめとき』て言うたのに『同じスポーツやからイケる思いますわ』言うてな。無邪気な子やで。でもその年の結果は打率二割〇分二厘や。まあ頑張った方やけど、第一線で活躍できる数字ちゃうわな。まあでも、ジョーダンくんのすごいんは、そのあとまたバスケに復帰してブルズを優勝に導いたとこなんやけどな」

「へぇ……」

「でも、たまにおるやろ、成功した実業家が急にテレビ出はじめたり、歌手が急に歌以外のことはじめたり……。もちろん何をするかは本人の自由やけど、他の人からはがっかりされる場合がほとんどやわ。そらそうやろ。社会に貢献できる分野があるのに、それをやらへんちゅうことはお客さんを軽視しとるわけやから。当然、支払われるもんも支払われへん。まあ若いころは自分が何に向いてるか分からんで、うろうろしとるのもええんやけど、自分の得意なこと見つけるんは、ある意味義務やで」

「なるほど」

「よし、今日の課題はこれや。『自分が一番得意なことを人に聞く』」

「それは、自分の得意分野を知るためですね」

「そうや。ポイントは『人に聞く』ちゅうことやで。自分ではこれが得意分野や思てても、人から言わしたら全然違《ちご》てることてあるからな」

「確かに、他人のことはよく分かっても、自分のことになった途端、分からなくなる人は多いような気がします」

「そやろ。でも、さっきの話でもそうやけど、自分の仕事が価値を生んでるかを決めるのはお客さん、つまり自分以外の誰かなんやで」

ふだんの生活で友人や同僚を見ていても「この人、もっとこういう仕事に向いているのになあ」と思うことはよくある。でも、口に出すことはほとんどない。おせっかいだと思われるかもしれないし、なんだか気が引ける。でも、僕がそう思っているということは、他の人も僕に対してそういうことを考えているのかもしれない。だとしたら、思い切って聞いてみたら予想してなかった答えが返ってくる可能性はある。聞くのはタダだし、やってみる価値はありそうだ。

そんなことを考えていた僕の横で、ガネーシャがぽつりとつぶやいた。

「ワシも最初は神様なんてやる気なかったもんなあ」

ガネーシャは遠くを見つめて独り言のようにつぶやいた。
「でも『向いてるんちゃう？』て勧められて。『やってみてだめならやめたらええんやし』そない励まされて、じゃあとりあえず三か月だけ、いう感じではじめたもんなあ。それが今となってはこの業界じゃ欠かせへん存在になっとるわけやから。分からんもんやで」

神様ってどういうシステムになってるんだろう。
ガネーシャの謎は深まるばかりだ。

［ガネーシャの課題］

自分が一番得意なことを人に聞く

13

「で、得意分野は見つかったん？」

白玉あんみつをおいしそうに食べながらガネーシャが言った。最近では冷蔵庫にあんみつが常備してあり、少しでも減っていると「あんみつ、切れかけとるで」とガネーシャからクレームが入る。

「得意分野なんて、そんな簡単に見つかるわけないじゃないですか」

一応、職場の同僚にさりげなく聞いてみた。転職を考えてるのか、とか疑われながら、何とか僕の得意分野らしきものを聞き出してみた。それは意外な答えだった。
・ひとりでする作業が得意なのではないか
会議などではあまり発言しないが（僕は人前で自分の意見を言うのが苦手なのだ）、家に持ち帰って考えると、それなりのものを出してくるということだった。そういえばひとりでする作業はあまり苦にならず、調子がよければ何時間でも集中できる。そういった作業は比較的得意かもしれない。これからは、自分が何を得意とするかを意識しながら、仕事に取り組もうと思った。

「自分の得意なことがもっと簡単に分かる方法教えたろか？」

ガネーシャはスプーンをなめまわしながら言った。

「たとえば、ワシが食うてるこのあんみつな。このあんみつの長所って何やろね？」

「あんみつの長所ですか？……それは、甘いってことですか？」

「正解や！　よし、これやるわ」

そういうとガネーシャはあんみつの蜜をスプーンですくって僕に差し出した。この場合、白玉とか具の部分をよこすものではないだろうか。しかし、いちいちツッコむとまたいたずらに時間が長引くだけなので、蜜を口に入れ飲み込んだ。こういうのに乗ってやらないとガネーシャは話を先へ進めない。

うまいか？

はい！

よっしゃ、じゃ次の質問いくで。

「あんみつの欠点は何や？」

「欠点……」あんみつに欠点なんてあるのだろうか。しばらく考えてから答えた。

「食べすぎると太る、ということでしょうか」

「正解や！　自分、今日めちゃめちゃ調子ええなあ」

そう言うとガネーシャはまた蜜をスプーンにのせてこちらに差し出した。しかたなく蜜を口に含む。

「なんであんみつ食うと太るか分かる？」

「それは糖分があるからですよね」

「そや。でもさっき言った、あんみつの長所の『甘い』いうんは？」

「それも糖分です」

「その通りや！　自分、パーフェクトや！　もうこのあんみつ全部持ってけや！　このあんみつ泥棒！」

ガネーシャから差し出されたあんみつの容器の中にはすでに白玉もあんもなく、ただ蜜のみが底のほうに溜まっているだけだった。こいつは最初から僕に具を食べさせるつもりなんてなかったのだ。ガネーシャは言った。

「この世界に闇がなければ光も存在せんように、短所と長所も自分の持ってる同じ性質の裏と表になっとるもんやで。たとえば、ひとりの作業が好きなやつは、人と会うと疲れやすかったり、逆に人と会うのが好きなやつは、ひとりの作業に深く集中することがでけへんかったりするもんや」

確かに僕は人と会っていると疲れてしまい、ひとりになりたくなることが多い。コミュニケーションが苦手だけど、それが逆に僕の長所でもあるということなのだろうか。それはちょっとうれしい話だなと思った。

「だからな、自分の長所を知りたかったら、逆に短所も聞くんや。自分の苦手なことや欠点も教えてもらうねん。ふだん見落としがちな裏側に注目すんねん」

「なるほど」

「たとえばな、ワシの教え子の中でも一番の跳ねっ返りやった、リチャード・ブランソンくんてのがおるんやけどな。世界に名だたるヴァージン・グループのボスなんやけど、彼は生まれつき難読症で、文字読むのがめっちゃ苦手やったんや。でもな、本人はそれがかえって良かったて言うてんのや。『企画書を読むのには苦労したが、イマジネーションをふくらますことが得意になった。だから自分はビジネスに成功したと思う』ちゅうてな。ええか？　人には自らの欠点が支えとる長所が必ずあるもんなんや」

「なるほど。それは確かにそうかもしれませんね。でも……」

「でも、なんや？」

「今日僕の得意なことを聞いたのに、明日は苦手なこと聞いて回ったら、『こいつ、めちゃめちゃ自分探ししてるなあ』って思われませんか？」

「しゃあないやん、事実なんやから」

「どうして先に教えてくれなかったんですか。そしたら得意なことと苦手なこと一緒に聞けたのに」

「知らんがな！　また聞けばええがな」

その後ガネーシャはノートの一ページを破り、サラサラと何かを書き込んだ。

「なんならこんな紙を会社の柱に貼っといたらどうや」

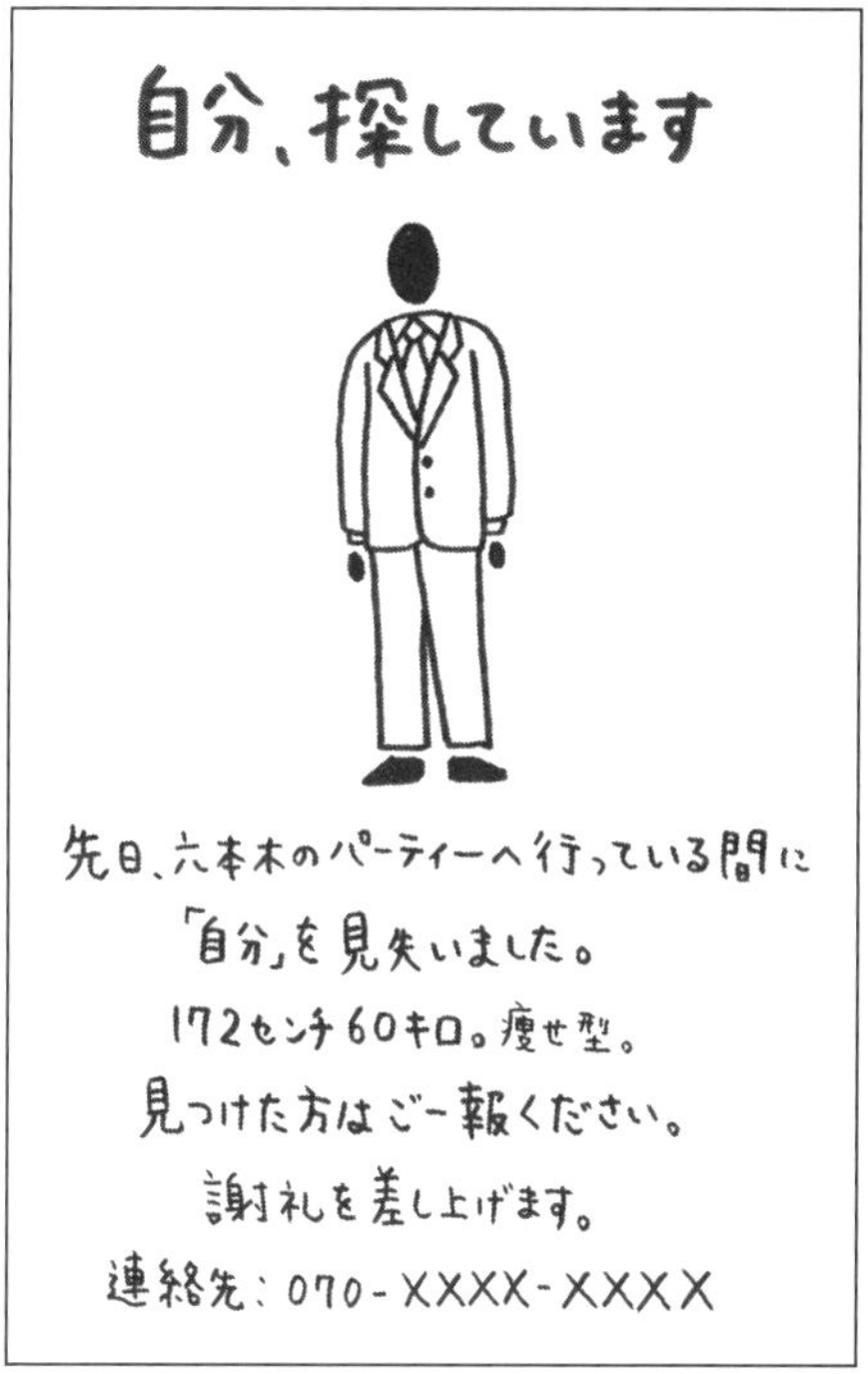

ふざけてますよね。
うん。

［ガネーシャの課題］

自分の苦手なことを人に聞く

14

会社で仕事をしていると携帯電話にメールが届いた。自宅のパソコンのアドレスからだ。きっとガネーシャだろう。こんな内容のメールだった。

宝くじ当たりました。

ガネーシャのやつ、ふざけたメールを送ってきやがって。そう思って無視していたら、また携帯がブルブルと震えた。

二億です。

――嘘だろ。

僕はこのメールも無視して仕事に戻った。いや、戻ろうとした。

魔が差すとはこういうことを言うのかもしれない。

あんなふざけたやつでも、ガネーシャはときどき不思議な現象を起こして僕をびっくりさせたりする。もしかしたらガネーシャなら宝くじを当てることもできるんじゃないだろうか？（これは、もしかすると、もしかするぞ……）僕はこの日、できるだけ早く仕事を終わらせて自宅に戻った。

「ただいま」

扉を開け靴を脱ぎ、そろえて置いた。それから居間に向かうと、そこで見た光景に目を疑った。

プレイステーションやニンテンドー３ＤＳ、ニンテンドースイッチなどありとあらゆるゲームのハード機が所狭しと並べてある。それだけでも異常な光景なのに、ここではさらに不可思議な現象が起きていた。

「どうしてニンテンドー３ＤＳが二つもあるんですか？」

「対戦やろう思て」

「ま、まあ確かに対戦ゲームは面白いですもんね。でも……」

しばらく間を置いてから、僕は再びガネーシャにたずねた。

「どうしてニンテンドースイッチが五台あるんですか？」

「これは大人買いやな。まったく必要のないもんをあえて買うことで、自分が大人であることを立証してみたんや」

「返してきます」

僕はすぐさま製品を箱に戻そうとした。しかしガネーシャが近寄ってきて僕の手を止めた。

「ちょっと待ちいや。金は腐るほどあるんやから」

そして「これ見てみい」と、僕に細長い紙きれを手渡してきた。ジャンボ宝くじの連番だった。ガネーシャはパソコンの画面を開いた。そこには今年のジャンボ宝くじの当選番号が書かれてあるホームページがあった。

「3、2、4、4……」

僕は画面を見ながら一桁ずつ番号を確かめた。そして、最初からもう一度番号を数えた。そしてもう一度数えた。何度も何度も数えてみた。しかし何度数えても、パソコンの画面上の番号が手もとにある宝くじの番号と同じであるという事実にたどりつくだけだった。

くらくらとめまいがして床にへたりこんだ。

当たっている。この宝くじは本当に当たっているのだ！

しかし、問題は、僕は宝くじなんて買った記憶がないということだった。ガネーシャはいつのまにこの宝くじを手に入れたのだろう？

「いや、ワシが買《こ》うたんやないよ。これ自分のよ」

「え？」

「机の引き出しに入ってたで」

どうして？　僕はふだん、宝くじなんて買わないぞ……。

ああ！

僕は両手で頭を抱えて叫んだ。

思い出した！　そうだ。今から半年くらい前！　渋谷のハチ公口で女の子と待ち合わせして。待ち合わせ時間から五分くらい過ぎたころ電話があって。「風邪ひいた」とか言われてドタキャンされて。最高にブルーな気分になって「ツイてないなあ」って思って、で、そのときなんとなく目についたのが宝くじ売り場で、ここで宝くじ買ったら運が悪い分の埋め合わせで当たるんじゃないかなんて、ほんとただの思いつきの気晴らしだったけど、買った！　宝くじ買ったよ！　俺！

僕はガネーシャに抱きついた。

ありがとう。ガネーシャ！　ありがとう！

「ええって。それよりワシ自分に謝ろうと思て。勝手に引き出しのぞいたこと」

「いいんです。いいんですよ、そんなこと！　そんなことより、二億！！！　二億円！！！」

「そや。二億や。さて、何に使う？」

この時の気分を、どう表現したらいいだろう。ただ一つだけ言えることは、人生の中でも（たぶん一番）楽しい気分だったということだ。僕は胸をワクワクさせて、これからの楽しい生活を思い浮かべた。いや思い浮かべたという表現は正確ではないかもしれない。楽しい空想は次から次へと勝手に僕の頭にやってきて、幸せな気分を運んできてくれた。

そうだ。ハワイだ。ハワイに行こう！　ハワイ一度も行ったことないし。フラダンス見たいし！　その後は引っ越しだ。三〇階建てくらいのハイタワーマンションに引っ越して、窓からの夜景を楽しみながらシャンパンでも飲もう。モテますな。これは確実にモテますな。車。外車だ。なんならフェラーリでも買っちゃう⁉　あ、でも車の免許がなかった。まずは免許からだな。ああ、でも免許とるお金なんて、もう屁みたいなもんだ。なんてったって僕が持ってるのは！　二億！　二億！　二億円！！！

僕はニヤニヤしながら宙を見つめ、夢のような未来の想像をふくらませていた。気づいたら一時間以上も経っていた。この時間は僕にとって、もう本当に、一瞬のように過ぎ去った。

ふとガネーシャが言った。

「どんな気分や？」

「最高です。最高に幸せです」

「そやろ。使い切れんだけのお金があったら想像もふくらむわな」

「はい。ああ、よかった。本当によかったです！　生きててよかったっす！」

「気持ちようなっとるとこ悪いんやけど。ちょっとマジメな話してええ？」

「はい！　喜んで！」

「よく、『夢は強く思い描けば実現する』て言うやん？　まあ確かにそれは正しいんやけど、この言葉勘違いしてしもとるやつが多いねん。思い描けば実現するなんて言われると『夢を思い描かないといけない』て考えだすやつがおんねんな。なんちゅうか、それって親や周囲の期待に応えようとして無理やり考えてるのと似てるわな。そうやって『夢を思い描かないとダメだ』いうふうに思う癖が身に付いてしもとるやつは、夢を想像することに逆にプレッシャー感じたりすんねん。でも本来の夢って違うねん。誰に言われるでもなく、勝手に想像してワクワクしてまうようなんが夢やねん。考えはじめたら楽しゅうて止まらんようになるんが夢やねん。そういう想像のしかたを大事にせなあかんねん。ちょうど今、自分が空想をふくらませてるみたいにな」

「なるほど。確かにそれはそのとおりです」

「自分、この事件覚えてへん？　ビル・ゲイツくんがベルギーに行ったとき、顔にパイぶつけられた事件」

「ありましたかね？　そんな事件」

「あったやん。めっちゃニュースでやってたやん。クリームで顔真っ白になったゲイツくん、満面の苦笑いしとったがな」

「うーん、見たことがあるような、ないような……」

「まあええわ、後でネットで調べときいや。でな、あん時パイ投げたの、ノエル・ゴダンくんて言うんやけど、彼なんかオモロいで。パイ投げを生きがいにしとって、もうかれこれ四〇年近く有名人にパイをぶつけ歩いてるんやからな。『次、コイツ行ったりますねん！』ていっつもめっちゃ楽しそうに計画練っててんねんで。まあ、ワシもその横で『コイツにせえへん？』てアドバイスしてきたんやけどな。ええか？　夢を思い描くちゅうのはな、極端な話、ノエルくんみたいにワクワク楽しみながらすることやねんで」

「いやあ、おっしゃる通りです。今こうして幸運を手にしてみるとよくわかります。やっぱり夢を想像するのは楽しくないと！」

「その感覚忘れるんやないで」

　そう言うと、ガネーシャはライターを取り出して、当選番号の書かれた宝くじに火をつけた。

おい！　おおおい！


僕は絶叫しながら宝くじを奪った。そして目いっぱい息を吸い込み、ふう！　ふう！と火を消そうとした。

「何すんですか！　頭おかしくなったんですか⁉」

ガネーシャは冷静な口調で言った。

「だってこれハズレやし」

「はい？」

一瞬ガネーシャが何を言っているのか分からなくて、頭の中が真っ白になった。

どういうことだ？

「だから、ハズレてんねん」

いや、でも、あのパソコンの画面ではっきりと当たって……。

「ああ、あれはやな、ワシ、最近ＨＴＭＬ言語覚えてん。試しにホームページ作ってみたんやけど。なかなかのもんやろ」

「あ、そうなんですか」

「そや」

僕が近くにあったプレイステーションの本体をつかみ、襲いかかろうした瞬間、ガネーシャは宙へ浮かび天井の片隅に避難した。

「じゃあ、これはなんですか⁉　このゲーム機の山は！」

「ああ、それなら」

ガネーシャは空中でタバコに火をつけると言った。

「自分の引き出しに入ってた現金で買うたで」

な……。

「やっぱ気持ちよく想像してもらうにはリアリティが必要やん？」

そしてガネーシャはこう付け足した。

「でも安心しいや。全部ヤフオクで安く落とした商品やから」

僕はこの日、「殺意」という言葉の意味をはじめて知った。

［ガネーシャの課題］

夢を楽しく想像する

15

「まだ怒ってるん？」

僕は頭まですっぽりと布団をかぶり、ガネーシャの声なんて聞こえないふりをしていた。

「ごめんて。やりすぎた思てるって」

当たっていると思った二億円の宝くじがガネーシャの嘘だと分かった時は、まさに地獄に突き落とされた気分だった。ガネーシャとは当分話す気はない。

「まあ、あれやな。こう考えたらええんちゃうかな。せっかくワシが課題出して、自分のこと鍛《きた》えてんのに、もし宝くじ当たってたら、それで成長も終わりやん？　しかも自分なんて金の使い方も知らんから、わけ分からんうちに全部使《つこ》てしもうて何も残らんやろうし。ま、そういうこと考えたら、宝くじ当たってなかったんは、むしろ運が良かったと言えるんちゃうかな。いや、もう確実に言い切れるわ。自分、ラッキーボーイやわ」

「うるさい！」

僕は布団から顔を出して叫んだ。そして、

「あんたなんてガネーシャじゃなくて、ガセーシャですよ！」

そう吐き捨てて、また布団に丸まった。

「宝くじ当たったたんがガセネタだっただけに、ガセーシャてか……」

ガネーシャは、そうつぶやいて黙り込んだ。そのまましばらくの間ガネーシャは口を開かなかったので、（さすがにガセーシャは言いすぎたかな……）と反省したのだけど、意外にもガネーシャは優しい声で僕に語りかけてきた。

「しゃあないなあ、この話したるか。これ、あんまり人間に話したらあかんことになってんねんけど」

（やけにもったいぶるなあ……）そんなことを考えながらも、布団の中でガネーシャの話に聞き耳を立てた。

「まあいきなりこんなこと言われてもピンとこんかもしらんけど。自分らのおるこの世界はな、一定の法則で動いとる機械みたいなもんなんやで。水が高いとこから低いとこに流れるように、太陽が東から昇って西に沈むように、秩序正しく動いとる。世界を支配しとる自然の法則みたいなもんが存在するんや」

（何の話だ？）僕は布団の中で眉をひそめながら、話の続きを聞いていた。

「自分の身の回りに起きる出来事もな、そういう自然の法則にのっとって起きとるだけなんや。でもな、単純に、法則どおりに起きとるだけの出来事に対してやな、自分らは、『運が良い』とか『運が悪い』とか、なんや勝手に『良い』と『悪い』に分けてしまうわなぁ」

ガネーシャの話は続く。

「たとえば、はじめて山登りをする二人がおったとするわ。その二人がいざ山登りをしようとすると、たまたま雨が降ってきた。二人は雨具を持って来てへんかった。一人はこう思った。『天気予報では晴れだっていってたのに……今日にかぎって雨が降るなんて俺は運が悪いなあ』。もう一人はこう思った。『そうか、山の天気は変わりやすいから今日みたいに雨が降ることもあるんだな。今度からは雨具を準備しておこう』。ええか？　今、ワシがしてる話は、いつ何が起きるか分からないからちゃんと準備しておきましょうなんてレベルの話をしてるんやないで。もっともっと深い話や。雨が降ったことに対して『運が悪い』て思ったやつは、世界を支配しとる法則と、自分の考えている世界とのズレを、そのまま放ったらかしにしたことになるんやで。この場合の法則は『山の天気は変わりやすい』やろ。でもその男の考える世界は『天気予報どおりにしておけば問題ない』やからな。せやから、また必ず同じような失敗をすることになるんや。逆に、『今度からは準備しておこう』と考えたもう片方のやつは、世界を支配してる法則を学んで、自分の考え方をその法則に合わせたんや。せやからこれからはもっと確実に山を登ることができるやろ。この違いが分かるか？　これはもう決定的な違いなんやで」

ガネーシャの言わんとしてることは、なんとなく分かるような気がした。

「幸ちゃんがな。松下の幸ちゃんがこんな言葉を残しとる。『すべての責任は自分にある』。他人が起こす出来事、身の回りで起きる出来事は全部自然の法則どおりに発生しとる。やとしたら自分が望む結果を出すには、自分を変えるしかあらへん。せやから『すべての責任は自分にある』なんや。自分も聞いたことあるやろ、『変えられるのは自分だけだ』て言葉。これも全部同じことを言っとんのやで。でも本質的に理解しとるやつなんてほとんどおらへん」

確かにそれと似たような言葉は、僕も本で見つけたり、人から聞いたりしたことがある。

「これ大事なことやからもう一回言うとくで。世界は秩序正しい法則によって動いとる。成功も失敗もその法則に従うて生まれとる。せやから、その法則に合わせて自分を変えていかなあかん。その法則と自分のズレを矯正することが、成功するための方法であり、成長と呼べるんや。自分、トーマス・エジソンくん知ってるやろ。発明バカの」

（発明バカって……）

「エジソンくんはな、どんだけ実験に失敗しても、もう何千回失敗しても『成功だ』言うたんや。『この実験が失敗だと分かったからまた一つ成功に近づいた。だから成功なんだ』ちゅうてな。このスタンスや。このスタンスこそが、世界の法則を学ぶ方法なんやで。エジソンくんがとんでもない数の発明したのも偶然やない。発明ちゅうのは、世界に存在する隠れた法則を発見する行為そのものやからな」

なるほど。自然の法則を発見するために、新しい実験をしたり、実験のやり方を変えたりしていく。それはつまり、自分を変えていく、ということかもしれない。

しかし、僕はエジソンのように、いつも前向きに考えることができるのだろうか。失敗が続けば、なんだかんだいってもやっぱり途中でへこたれてしまうのではないだろうか。

「だから、まず『運が良い』て思うんや」

どういうことだろう?

「自分にとってうれしゅうないことが起きても、まず嘘でもええから『運が良い』て思うんや。口に出して言うくらいの勢いがあってもええで。そしたら脳みそが勝手に運がええこと探しはじめる。自分の身に起きた出来事から何かを学ぼうと考え出すんや。そうやって自然の法則を学んでいくんや」

……そんな簡単にいくものだろうか。

でも、もしガネーシャの言うとおりだとしたらちょっと試してみたい気もする。もし、本当に、この世の中を秩序正しく動かしているような法則があって、それを学ぶための方法なのだとしたら、「運が良い」って思ったり口に出したりするくらい簡単なことだ。

僕がガネーシャの話に感心していると、ガネーシャのこんな声が聞こえてきた。

「つまりや、宝くじがハズレだったんも『運が良い』やし、こうやってなっ、ワシが自分に蹴り入れるんも、自分にとっては『運が良い』なんやっ!」

そう言いながらガネーシャは何度も何度も布団を蹴り飛ばしてきた。その力は次第に強くなっていき、ついにガネーシャは叫び出した。

「誰がガセーシャじゃあ！」

——やっぱり相当気にしてたらしい。ただ、このまま黙って蹴られているのもしゃくにさわるので、僕は布団を勢い良くめくりあげ、ガネーシャに飛びかかった。

［ガネーシャの課題］

運が良いと口に出して言う

16

「で、今日は『運が良い』てちゃんと言えたんか？」

夕食時、ガネーシャが冷奴《ひややっこ》に箸を刺しながら言った。

「はい。言いました」

「たとえば？」

「ええっと……帰りの電車が事故で遅れたので『良し』と」

「ぎゃははは！　全然『良し』やないやん！　アホやん！　自分めっちゃアホやん！」

お前がやれって言ったんだろ——。

ガネーシャは笑いながら「で？　で？」と僕にたずねた。

「『良し』の後は、どういうふうに思ったん？」

「ええっと、まあ、鞄に本を入れておけばこういう時間も読書に使えることに気づけたなあとか。自転車通勤を試すきっかけにしてみようかなあ、とかですかね。ただ、やってみたらいつもよりはイライラせずに過ごせたように思えます」

「ええやん、自分。やっと分かってきたやん。でも、調子に乗ったらあかんで。これも毎日ずっと続けてこそ、エジソンくんみたいな強さが身についていくんやからな」

そう言ってうなずくガネーシャの顔は、青あざと絆創膏《ばんそうこう》だらけだった。昨日の夜は、下の階の住人に文句を言われるまでガネーシャと格闘していたのだった。

*

あくる日。

仕事を終え、家に帰るとガネーシャはいなかった。

夜十一時ごろになって、玄関で物音がした。やっとガネーシャが帰ってきたようだ。

「もう出っぱなしやったわ」

現れたガネーシャが両手に抱えていたのはパチンコの景品だった。そして「どや」と言いながらガネーシャはお札を自慢げに広げた。一〇万円以上ある。ただでさえ外をぶらつかれるだけでもこっちはヒヤヒヤするのに、よりによってパチンコって……。

「明日も朝一からモーニング狙いやな……よっしゃ！　これ明日の軍資金にしよ」

ガネーシャがそう言うが早いか僕はお金を取り上げた。

「何すんねん！」

「これは、僕のですよね？」

「なんでやねん！」

「この前にゲーム機買ったお金、返してもらいます」

「何言うてんねん！　ワシが汗水たらして稼いだお金やないかい！」

「何言ってんですか。たまたま勝っただけでしょ」

「アホか！　自分はパチンコの厳しさ、何も分かってへんやろ！」

何を言っているのかまったく分からない。僕はガネーシャから奪ったお金を淡々と財布に入れはじめた。

「返せや！」ガネーシャがつかみかかってきた。しかし僕は財布にお金をしまうとガネーシャを押し返した。良心の呵責《かしゃく》はまったくなかった。

「どうしても……返せへん気なん？」

「返しません」

「なんでやねん！」

だいたいパチンコの元手だってあやしいものだ。また僕の引き出しから勝手にお金を持っていったのかもしれない。お金を奪い返されないように財布をポケットに入れたまま寝床に入ろうとすると、ガネーシャは今まで聞いたことのないような甘い声で僕に話しかけてきた。

「じゃあこうせえへん？　今から自分にめっちゃええこと教えたるから、その金返してくれへん？」

「いいことって何ですか？」

「お金持ちになる方法」

「結構です。どうせいつものやつでしょ。トイレ掃除しろ、とか」

「ちゃうねん。今回のは、全然ちゃうねん。もっとこう、即効性があるもんやねん」

「即効性ですか……」

「お金持ちになるための裏技みたいなもんやな」

「裏技……」

「この技のことよう知ってた有名人は……たとえばシェイクスピアくんとかやな」

「本当ですか？」

「マジやねん」

「では教えてください」

「じゃあ、金返せや」

「聞いてからです」

「アホか！　ワシが教えた後に『なんだ、そんなことだったら知ってましたわ』言われたらしまいやがな。知りたいなら先に返してもらわな、取り引きが成立せえへんやろが！」

果たしてガネーシャにお金を返していいものか迷ったが、シェイクスピアが使っていたという方法は知っておきたい気がした。ためらいながらも僕はガネーシャにお金を渡した。

「さあ、教えてください！」

ガネーシャは受け取ったお札を数えると言った。

「よし、教えたで」

は？

「これや。これがお金持ちになる方法や」

ガネーシャは手に持ったお札を得意げに振りながら言った。

「こうしてワシは、話だけで、一〇万円を手に入れたわけや。原価ゼロ円や」

——詐欺《さぎ》じゃねえか！

僕はガネーシャの持つお金に向かって両手を伸ばした。しかしガネーシャはその動きを予想していたのか、さっと後ろに飛びのくと、そのまま宙に浮かび、天井の照明に身を隠しながら僕を見て言った。

「お前は、ホンマにアホやな」

な、なんだと!?

「ワシは今、めっちゃ深いこと自分に教えたったんやで」

あまりの腹立たしさになかなか平静を取り戻すことはできなかったが、ガネーシャの言葉にも少しひっかかるところがあったので、とりあえずは言い分を聞いてみることにした。

僕が暴れないことを何度も確認すると、ガネーシャはゆっくりと降りてきて僕の頭の上にちょこんと座った。

「あの……そこじゃないとダメなんですか?」

「せや。いつ自分が殴りかかってくるか分からんからな。前科もあるし」

僕の頭の上でガネーシャは話しはじめた。

「今、自分はワシと『交換』したんや」

「『交換』ですか?」

「そうや。今、『お金持ちになる方法を知れる』ちゅう期待感と、お金を交換したんや」

「それはそうですけど。でも、そうやってお金を取って期待に応えなかったら詐欺でしょう」

「せやな。このまま何もせんかったら『お金増やしますから、預けてください』言うてトンズラする投資会社みたいなもんやな」

「そうならないようにお願いしたいところです」

「ワシを誰や思てんねん」

そしてガネーシャは咳払いを一つして話しはじめた。

「ええか? ワシが言いたいのはな、お金と交換できるもんは、自分がふだん思てるもんだけやないてことなんや」

「それはどういうことですか？」

「たとえば世の中にはな、使い切れんくらいのお金を持っとる人もおんねんで。そういう人らの持ってるお金と何かを交換できへんか？」

「……そんな方法想像できません」

「なんでやねん。いっくらでもやり方あるがな。たとえば『僕はこういうことやりたいんです』て熱う夢語ったりすんのんかて一つの方法やがな。それがうまいことハマって『あぁ、ワシの若いころ思い出すなあ』思てもらえたら、お金出してもらえるかも分からんで。まあ業界じゃ『リメンバー・ミー』て呼ばれてる技やな」

「……勝手に技を作らないでください」

「まあ、お金出してもろても、恩返しでけへんかったらその関係は終わってまうし、単純にお金目当ての下心なんてすぐにバレてまうけどな。でもな、そもそも自分らみたいなお金のないやつがお金持ちと関係築こう思たら、お金持ちが喜ぶ何かを見つけていかなあかん。それは楽やないで。ちゅうか、めちゃめちゃ大変やで。でもな、下から這い上がっていくやつはそのことを考え尽くしとる」

「そういうものなんですか」

「せや。シェイクスピアくんな、劇作家の。舞台作るいうのんはめっちゃお金かかるんやけど、でもあの子がこういうのやりたいて言うたらみんなお金出してくれるんや。まあそりゃ、ええ脚本書けるとか、ええもん作れるとか、そういうのもあんねんけど、実はな、あの子めちゃめちゃ口うまかったんや。お金持ち、みんなあの子のことかわいいかわいい言いよんねんな。で、舞台失敗しても『次も助けたるから頑張りや』てまたお金出してもろたりしとんねん。ええか？　確かに人を感動させられるもん作れたら一流や。でも超一流の芸術家は、めちゃめちゃ営業力あんねん。世渡り上手やねん」

そしてガネーシャは言った。

「よっしゃ。次の課題は『ただでもらう』これやってみいや。どんな小っさいことでも、安いもんでも、とりあえず何でもええから、ただでもらってみい。それ意識してたら自分のコミュニケーション変わってくるで。言い方とか仕草一つとっても気い遣うようになるで」

「はい」

「仕事を助けてもろたり、何かのアイデアもろたりしてもええ。たとえば、人にかわいがられて仕事を振ってもらうのかて、ある意味、『仕事』と『愛嬌《あいきょう》』の交換と言えるわけやし」

なるほど。人から助けて「もらう」人たちには、そうされるだけの理由があるんだな。これは試してみる価値がありそうだ。

ガネーシャは得意げな顔で言った。

「どや、一〇万円の価値あるやろ」

僕は少し考えてから答えた。

「あの、確かに興味深い話ではありましたが、でも一〇万円の価値があるか、ないかと言われれば、『ない』です」

するとガネーシャは顔を真っ赤にして言った。

「な、なんやと！　ワシがせっかくええ話したったのに、価値がないやと！」

「いや、そういうわけではないですけど、一〇万円っていうのはさすがにちょっと高すぎ……」

するとガネーシャはぷるぷると震えだした。

「ああ、分かった！　分かったわ！　じゃあ金返したるわ！　そのかわり、お前絶対『ただでもらう』やんなや！　この課題一生やんなや！　だってそういうことやろ！　価値ないんやろ！　価値ないなら絶対やんなや！　一生やんなやぁ！　一生やんなぁ……」

最後の方には、ガネーシャは涙目になっていた。

もう……なんなんだ、こいつは。

［ガネーシャの課題］

ただでもらう

17

「ただでもらう」。これは今までの中で一番難しい課題だったかもしれない。結局僕は、自動販売機の前にいた部長にコーヒーをおごってもらうことを試みた。

どきどきしながら部長に声をかけた。

「あ、あの、コーヒーおごってもらえますか」

「なんで?」

困った。ガネーシャから出された課題だということはもちろん言えない。そこで僕は、理由はないのですが、と前置きしたあと、「その代わり、肩を揉ませていただきます」とか「部長のいい噂を社内に流します」とか「部長の悪い噂は僕のところで止めます」などという説得を試みたところ、「なんだかよくわからないが必死だから」という理由でおごってもらうことに成功した。

大変だった。「ただより高いものはない」とよく言うけど、たしかにただで何かをしてもらうのは本当に気を遣う。気持ちよく話を聞いてもらうには、普通に会話をするよりいろいろなことを必要とされる気がした。またこの課題は、その場をとりつくろうような態度だけじゃなくて、ふだんの接し方や行いにも関わってくることに気づいた。

＊

明日は会社が休みだ。

ガネーシャと出会うまでは、休みは一日中寝たりする日もあったけど、最近の僕は少し違う。自由な時間こそが自分が変わるための大事な時間だと考えるようになった。そこで、明日の有意義な時間の使い方は何だろうと考えていたのだけど、突然僕の視界にガネーシャのアップの顔がにゅっと出てきて口を開いた。

「どっか連れてけや」

「いきなり何なんですか」

しかも、どっか連れてけって、こんな姿をした生き物を連れて歩けるわけがないじゃないか。

「自分、大事なこと忘れてへん?」

大事なこと?

「ワシ、変身できんねんで」

それはそうかもしれないけど……何かに変身している状態とはいえ、一緒に外出するのは不安だ。思いっきり不安だ。そもそも、ガネーシャの行動はまったく読めない。きっと何らかのトラブルを引き起こすに違いなかった。僕はなるべくならガネーシャを外に出さないようにしたかったので、適当に理由をつけて断ろうと考えていたのだが、突然、ガネーシャの口にした言葉に驚いた。

「ワシ、『ドドンパ』いうの、乗りたいねん」

ドドンパ。富士山のふもとにある遊園地、富士急ハイランドにあるジェットコースターである。スタートと同時に百何十キロというとんでもない速度で走り出すらしい。でも、どうしてガネーシャはドドンパなんて知っているのだろうか？

「知っとるもなにも、『ドドンパ』知らん神様なんておらへんで」

そう言いながら、ガネーシャは一冊の本を取り出した。それは、

『ギネスブック』

だった。

「神様いうんはな、人間が限界超えていくんを見るのも仕事の一つやねん。せやから毎年ギネスブックには目え通してんねんで」

確かに、富士急ハイランドのアトラクションの多くはギネスブックの認定を受けている。ドドンパもその一つだ。でも……本当なのだろうか。しかし、ガネーシャの口ぶりには、嘘をついている雰囲気はなかった。

「自分はまだこの業界のこと知らんやろうけど、こういうアトラクションはな、『事故が起きませんように』て最初の試乗を神様にお願いするもんなんや。せやからドドンパ完成したときも、なんや、最初に声かかったのは七福神で。後から自慢されたもん。『めっちゃ良かったわー』言われたもん。そんで『あれ、お前呼ばれてないの？』て半笑いで聞いてきよってん。いや、ワシも呼ばれてたら全然乗る気あってんけど、もう、一生事故起きんようにあんじょうしたるつもりやったけど、なんでか分からんけど呼ばれんかってん。最終的には『なんならワシ、乗るけど』て直接、富士急の上の人間にかけおうたんやけど、なんや他の神様に優先パス全部発行してもうた言うて、普通に乗るんやったら三時間待ちですみたいなこと言われて、ワシ激怒してインド帰ったんや」

ガネーシャの話はにわかに信じられなかったが、しかし、ガネーシャがあまりに必死に訴えかけてくるのでつい流されてしまい、「じゃあ、行ってみますか」なんて軽く返事をしてしまったのだった。

それが、すべての不幸のはじまりだった。

ガネーシャのおかしな行動は、富士急ハイランドに行くと決まった時からはじまっていた。

「それじゃ、明日も早いんでもうそろそろ寝ましょうか」

そう言って電気を消そうとした瞬間だった。

「いやいやいやいや」

「どうしました？」

「あり得へんよ、自分」

「何がですか？」

「何がですか、て。スケジューリング全然できてへんやん」

「スケジューリング？　明日のですか？」

「当たり前やろ！」

びっくりするような大きな声でガネーシャは言った。そして、こう付け加えた。

「神様のワシでも三時間待ちなんやぞ。ええか、自分、富士急ナメとったら足元すくわれるで」

僕は泣く泣く、明日のスケジュールを立てることになった。まず、営業時間を調べ、何時に家を出てどの列車に乗るのか。また、優先パスを抽選でもらえるようなイベントはないか、富士急ハイランドに着いてからどのルートでアトラクションに乗り、どのレストランで何時に食事を取るのか、そんな細かいことまで決めさせられた。たかが遊園地に、どうしてこんな周到な準備をしなければならないのかまったく理解できなかった。

「自分、全然分かってへんな」

「何がですか?」

僕はガネーシャをにらみつけたが、ガネーシャは諭《さと》すように言った。

「これも修行のうちやで」

そしてガネーシャは、富士急ハイランドのウェブサイトを目をキラキラと輝かせてながめながら言った。

「自分、リンドバーグくん知っとる?」

「リンドバーグ……確かそんな名前のバンドがありましたね」

「自分どんだけ的外れやねん。ワシが言うてるのはチャールズ・リンドバーグくんのことや。リンドバーグくんはな、人類で初めてニューヨークからパリまでの大西洋無着陸飛行に成功した飛行家なんやで」

「へぇ……」

「しかも当時は航空技術が進んでへんかったからな、機体がめっちゃ重たかってん。せやからリンドバーグくんは、普通やったら他の搭乗員を一緒に乗せて飛ぶところを一人で飛ぶことにしたんや。しかも緊急脱出用のパラシュートまで乗せんとやで」

「そ、それは大胆ですね」

「ただな、彼がほんまにすごいんはその準備の周到さやねん。当時はレーダーがあれへんかったから、大西洋の天候や季節風を何べんも計算して緻密なルートマップを作りあげたんや。搭乗員やパラシュート乗せへんかったんも、めっちゃ細かい計算をした上での判断やったんやで。けど見てる人らは結果しか目えいけへんから、リンドバーグてどんだけ大胆やねん、みたいな話になるんやけど実際はちゃうねん。めちゃめちゃ綿密な準備してたねん。その綿密さが圧倒的にすごかったんや」

確かに、その人が成し遂げた結果に注目する人は多いけど、その結果を出すまでのプロセスに目を向ける人はほとんどいない。

「孫子くんも言うてるがな。『算多きは勝つ』。事前の周到な準備が勝敗を決めるてな」

「なるほど。そう言われてみると、準備することをそれほど重視してこなかったかもしれません……」

「そやろ。自分みたいなんは、何でも行き当たりばったりやからな。明日プレゼンがあったり商談があったりしても『なんとかなる』で終わらせるやろ。それでたまにうまくいくこともあるかもしれん。でも、一流の人間はちゃうで。一流の人間はどんな状況でも常に結果出すから一流なんや。常に結果出すにはな、普通に考えられてるよりずっと綿密な準備がいるねん。ええか？　ワシは明日の富士急ハイランドのスケジューリングを通してそのことを自分に教えたってんねや。分かったら、もっとよう調べんかい！」

僕には、ガネーシャがただ、自分が楽しみたいからそう言っているとしか思えなかった。

でも、リンドバーグや孫子の話は興味深かったので、これからは次の日の仕事の準備を忘れないようにしようと手帳にメモした。

そんなことを考えている僕のとなりでガネーシャは、

「『ドドンパ』いつ乗んねん！『ドドンパ』いつ乗んねん！」

ドドンパに乗るタイミングばかりを気にしていた。

［ガネーシャの課題］

明日の準備をする

18

富士急ハイランドを回るタイムスケジュール作りは深夜にまでおよび、僕が眠れたのは明け方のことだった。しかし、いつもなら僕が朝食の準備をはじめるころに押し入れからのそりと顔をのぞかせて「おはようさん」なんて言うガネーシャが、今日に限って早朝に起き出して、何やら歌を歌ったり、踊りを踊ったりしているようだった。とにかくテンションが上がっているのはまちがいない。

目覚まし時計のジリリリという音が聞こえ、けだるい体をやっとのことで起こした時に、ちょうどインターホンが鳴った。

(誰だよこんな朝っぱらから……)

いら立ちつつ、頭をかきながら玄関の扉を開ける。

するとそこには、ベレー帽をかぶった、ひょろりとした初老の男性が立っていた。細くて線のような目が印象的だ。

「……どちらさまですか?」

そう言うと同時に、僕の背後からガネーシャの声が聞こえた。

「遅かったやないか。早よあがれや！」

初老の男性は「失礼します……」とか細い声で言うと、脱いだ靴を丁寧にそろえ、居間に向かって歩いていった。その足取りは足音一つなく、歩いている、というより床を滑っているようにも見え、僕は（錯覚かな……）と何度もまばたきをした。

「あ、あのう……」

おそるおそるガネーシャにたずねた。するとガネーシャは、

「あ、これワシのダチ。ほら、自己紹介せえや」

ガネーシャにこづかれた男はベレー帽を取り、少し照れるような顔でおじぎをした。

「どうも。釈迦です」

釈迦⁉　釈迦って、あのお釈迦さまのことか？

「釈迦も前から富士急に行きたがってたから呼んだったんや。別に構《かめ》へんやろ？」

いや、構うとか構わないとか、そういう次元の話じゃないと思うけど……。っていうか、このお釈迦さん、どこからどう見てもそこらへんにいるおっさんにしか見えないんだけど。首をかしげる僕の隣で、ガネーシャと釈迦は「自分、よう出てこれたなあ」「いや、直帰《ちょっき》ってことにしときましたから」などと、よくわからない会話をしていた。ただ、釈迦が僕のほうをまっすぐ見て、

「本日はよろしくおねがいします」

と頭を深く下げたので、思わず「は、はい」とうなずいてしまった。

「ほな、行くで！」

そう言うと同時にガネーシャの周囲に光が集まり、そのまぶしさに一瞬目を閉じた。次に僕が目を開けた時には、僕と同じくらいの背格好をした成人男性がそこにいた。

釈迦は照れながらガネーシャに言った。

「あの……今日は『フジヤマ』というのに乗ってみたいのですが」

「ええがな、ええがな。何度でも乗ったらええがな！」

歩き出した二人ののんきな背中を見ながら（何事も起こりませんように）と心の中で祈った。

しかし、悪夢のような一日はまだはじまったばかりだったのだ。

＊

「な、なんやこれ……」

富士急ハイランドの入り口でガネーシャは口をあんぐりと大きく開いて立っていた。

本日は強風のため、

フジヤマ
ドドンパ
ええじゃないか
の運転を休止します

「どういうことやねん！　ええ⁉　どういうことやねん！」

ガネーシャは僕の胸倉をつかんで振り回した。

「そ、そんなこと言われても知りませんよ」

ガネーシャの手をふりほどいて、しめ付けられた喉《のど》をさすりながら言った。

「他に動いているアトラクションもありますから、とりあえずそちらに乗りましょう」

「あり得へん！」

ガネーシャはそう叫び、運転休止を告げる看板を鬼のような形相でにらみつけていた。

こんなに本気で怒っているガネーシャをはじめて見た。何か変な考えでもおこさなければいいが……不安な気持ちで胸がいっぱいになった。

しばらく看板とにらめっこをしていたガネーシャだったが、突然「行くで！」と叫んだかと思うと、ものすごいスピードで駆け出した。その後ろを釈迦が滑るような足取りでついていく。

「ちょ、ちょっと、どこ行くんですか!」

僕もあわてて二人の後を追った。


ガネーシャと釈迦はフジヤマの前にやってきた。フジヤマは、設置された当時では、最高速度、最大落差、巻き上げ高さなど四項目でギネスに認定されていた日本最大級のジェットコースターだ。

フジヤマの入り口にも「強風のため……」という立ち入り禁止の看板が出ていた。しかしガネーシャと釈迦はまったく気にせず、そのままアトラクション内に立ち入ろうとした。するとすると中から富士急ハイランドのスタッフがやってきて二人の行く手をさえぎった。

「すみません、今日は運転を休ん、ぐっ……」

スタッフは話の途中で、突然腹を押さえ込み、その場に倒れこんだ。見ると釈迦の右手の手刀が鋭くとがっている。

釈迦はつぶやくように言った。

「先を……急ぎましょう」

あんた、どれだけフジヤマに乗りたいんだ――。煩悩《ぼんのう》の塊のような釈迦にあっけにとられ、しばらくその場に立ち尽くした僕だったが、ガネーシャと釈迦はおかまいなしに階段をどんどん駆け上がってしまう。スタッフの方に「ごめんなさい……」と小さくつぶやき、僕はガネーシャたちの後を追った。

フジヤマの乗り口に到着していた二人になんとか追いつくと、その前に立ちはだかり、僕は声を上げた。

「何する気ですか！」

するとガネーシャの拍子抜けするような声が返ってきた。

「何するって、そんなもん乗るに決まってるがな」

「乗るって……ダメですよ！　事故でも起きたらどうするんですか！」

ガネーシャと釈迦を通すまいと両手を広げた。それからしばらくの間、無理やりにでも乗ろうとするガネーシャと、止める僕との押し問答は続いた。しかし、

「つべこべ言うなや」

ガネーシャがあごをしゃくって釈迦に合図すると「失礼します……」という声が聞こえ、僕は首筋あたりに強烈な衝撃を受けて視界が真っ暗になった。

＊

ガタン、ガタン、という心地よい揺れに僕は目を覚ました。近くで話し声がする。

「結構時間かかってもうたな」

「動作のしくみがなかなか……」

「でもこうやって無事動いてよかったなあ」

「まったくです」

周囲を見渡した。空。どこもかしこも空である。僕は機体から身を乗り出して下をのぞいてみた。その瞬間、寒気が全身を走り抜けた。さっきまでいた富士急ハイランドが小さく見える。

「お、目が覚めたようやな」

「あの……これは一体」

「見たらわかるやろ。フジヤマの上や」

「フジヤマって……」

その瞬間。

フジヤマがコースターの頂上から猛スピードで落下しはじめた。

ぎゃあああああぁ！

僕は叫び声を上げる。

ぎゃはははははぁ！

笑い声を上げているのはガネーシャと釈迦だ。悲鳴と歓喜の叫び声が入り混じり、ジェットコースターの機体はほとんど直角な坂を下っていく。もう、めちゃくちゃだ。どうにでもなれとやぶれかぶれに思ったその時だった。風にまぎれて聞こえてきたガネーシャの言葉があり得ない内容だった。

「安全バー……上げてみよかー」

すると釈迦も、

「いいですねー」

よくない！　やめてくれ！　僕は必死に叫んだが、「やめて」の声は風にかきけされ、僕の体をおさえてくれていた安全バーが急に立ち上がった。僕は両腕の力を振り絞ってしがみついたが、前の席に座っているガネーシャと釈迦は安全バーを上げたまま両手を広げてぎゃはははは ぁ！　と叫んでいる。悪夢だ。これが夢なら早く覚めてほしい。曲がりくねった道をゆくジェットコースターの上で気を失いそうになりながら、僕は悲鳴を上げ続けた。僕を家に帰してくれ！

最初、何が起きたか分からなかった。

突然、強い風にあおられたかと思うと、ガクン、と機体が傾いた。すると僕の体が急に軽くなり、世界が回りはじめた。ぐるんぐるんと世界が回る。一体どうしちゃったんだろう。まるで現実感はなく、無重力の世界に一人でふわふわと浮かんでいるようだった。でも、その時なぜか僕の頭には、小学校に向かう途中、母親と手をつないで歩いた桜並木や、運動会、遠足の思い出、とにかく過去の記憶という記憶が次から次へと流れ込んできた。

もしかして、と僕は思った。

（これは、走馬灯というやつじゃないのか？）


気づいたら、僕は空の中にいた。


「あかん！」

ガネーシャの声が遠くで聞こえた気がする。ゆっくりと宙を舞いながら、僕はガネーシャと過ごした日々のことを考えていた。ガネーシャの出す課題を一生懸命こなしたり、ガネーシャと遊んだり……それはそれで、結構楽しかった。でも、人が羨むような成功も、僕にしかできないような大きな仕事も、結局何も手に入れることはできなかったな……。

スローモーションで流れていく景色を見ながら、そのことだけが頭の片隅にひっかかっていた。

ん？

しばらくして気づいた。ゆっくりと落下しているのは僕がそう感じているだけだと思っていたけど、本当に、見渡す限りの世界はすべてスローモーションになっている。

僕は、はるか遠くにある地面を見た。富士急ハイランドの来客たちが、ほとんど静止して見える。

今度は自分が飛び出てきたジェットコースターの機体に顔を向けてみた。すると、空中を浮遊しながらゆっくりと僕の方に向かってきている人影が見えた。ガネーシャだ。ゾウの顔になったガネーシャは、大きな耳を羽のように動かして飛んでいた。

「今、助けたるからな!」

ガネーシャに背負われた釈迦は空に手をかざし、なにやら呪文らしきものを唱えていた。時間の止まった世界の中で、この二人だけが自由に動けるみたいだった。僕のそばまで飛んで来たガネーシャは右腕で僕を抱え込むとそのまま地上に向かった。ガネーシャの体にしがみつきながら、僕は思った。

こんなアトラクションはもう一生味わえないだろう。そして味わいたくもない。


僕たちが地面に降りてガネーシャも人間の姿に戻ると、時の流れは動き出し、先ほどまで僕たちを乗せていたフジヤマは無人のまま走りはじめた。それを見つけた来客の数人が「あれ? フジヤマ動いてるじゃん」などと言っているのが聞こえた。

「大丈夫か、釈迦」

ガネーシャの声がした。釈迦はぜえぜえと肩で息をし、その顔からは血の気が引いていた。釈迦は「大丈夫です……」と口を動かしたが、しかしすぐに膝をつき、地面に横たわった。

「釈迦！」

ガネーシャは、倒れこんだ釈迦を両腕で抱きかかえた。

「お前、なんで時を止めたんや。いくら神といえど、時止めたらこうなってまうことくらい分かってたやろ！」

ガネーシャは両目に涙を溜めて言った。スタッフが「何かありましたか？」と様子を見に来たが、ガネーシャは「ほっとけや！」とすごい剣幕でスタッフを追い返した。

釈迦は切れ長の細い目をうっすらと開けて言った。

「いいんです。私は、いいんです。フジヤマに乗れた、それだけで、もう思い残すことはありません」

そして釈迦は僕を見て言った。

「今日、連れてきていただいて本当にありがとうございました。これで心おきなく旅立てます」

「もうええ。釈迦、もうしゃべらんでええ！」

ガネーシャは何度も首を横に振った。

釈迦は、震える手をゆっくりと持ち上げ、そして人差し指で天を指差して言った。

「天上天下、唯我独……尊」

その言葉を言い終わると同時に、手をだらりと地面に下ろし、釈迦は両目を閉じた。

「釈迦！　釈迦ァァァ！」

ガネーシャは空に向かって大声で叫んだ。富士急ハイランドのスタッフや来客たちが遠巻きに様子をながめていた。しかしガネーシャはそんな野次馬たちを気にすることなく泣き続けた。ガネーシャの泣き声が富士急ハイランド中にこだました。

しかし、である。

最初、僕はガネーシャがショックのあまり頭がおかしくなったのかと思った。ずっと泣いていたはずのガネーシャが、くくっくくっと笑いはじめたのだ。

しかし、笑い声はガネーシャのものだけではなかった。

なんと、ぐったりと横になっていた釈迦まで笑いはじめ、二人の笑い声は次第に大きくなり、最後にはぎゃはははははぁ！　と爆笑しながらガネーシャは釈迦の肩をポンポンと叩いて言った。

「自分、『天上天下』のタイミング完全にモノにしてるやん」

「いえいえ、ガネーシャ様の『釈迦ァ！』もこの前のときより、鬼気迫っていましたよ」

ガネーシャは言った。

「何回やっても面白いわあ、『今生《こんじょう》の別れコント』は」

ガネーシャと釈迦は肩を組んで歩き出した。呆然と立ち尽くす僕に釈迦が振り向いてペコリと会釈をした。

なんなんだ……。

なんなんだ、お前ら！

＊

それから後の出来事はもう思い出したくもない。ガネーシャは「あれ乗ろうや！」と勝手にアトラクションを選ぶし（昨日作ったタイムスケジュールはなんだったんだ？）、お化けやしきでは体を巨大化して、お化けを逆に驚かせて遊んでいた。釈迦も釈迦ですぐ時を止めて遊ぶし、僕はこの日、喉がかれるまで「何やってんですか！」「やめてください！」「いい加減にしてください！」と叫び続けた。

閉園時間ぎりぎりまで遊んだ僕たちは、富士急ハイランドの駅で釈迦と別れた。別れ際、ガネーシャが釈迦に向かって「天上天下！」と言って指差すと、釈迦は「唯我独尊！」と言いながら右手の親指を立ててウィンクした。何の合図だ。

帰りの電車に揺られている時、隣の座席に座っているガネーシャが言った。

「今日はおおきに」

電車の窓から真っ赤な夕日が差し込んできて僕の顔を照らした。急に疲れが出てきて思わず眠りそうになった。でもまだ何かやり残したことがあるような気がする。

「あ、そういえば……」

僕は、ぼんやりとする頭を軽く振りながら言った。

「今日の課題、まだ教えてもらってなかったですね」

「ああ、そんなんか」

ガネーシャは帰り際に富士急ハイランドで買った五本のチュロスの最後の一本をしゃぶりながら言った。

「今日の課題は、もう終わったで」

「終わった？」

「そや。今日の課題は、まあ強いて言うなら『身近で一番大事な人を喜ばせる』やな」

「身近で一番大事な人を喜ばせる？　それはどういうことですか」

ガネーシャは砂糖だらけの口を手でぬぐうと話しはじめた。

「人間ちゅうのは不思議な生き物でな。自分にとってどうでもええ人には気い遣いよるくせに、一番お世話になった人や一番自分を好きでいてくれる人、つまり、自分にとって一番大事な人を一番ぞんざいに扱うんや。たとえば……親や」

「親ですか？」

「そうや。自分、最近親と話してるか？」

「いえ……そういえば正月以来ほとんど話してません」

「せやろ。まあ世の中にもいろんな親がおって、子どもを不幸にしてまう親もおるけどもな。でもな、自分、親がおらんかったら今この世の中に生まれてへんのやで。その事実だけでも、親に感謝する理由になるんちゃうかな?」

頭のどこかで、いつか親孝行しなければいけないとは思っている。

「でも……」

僕は決まり悪そうに答えた。

「親と話したり、電話したりするのって照れてしまうし、正直めんどうなんですよね。あと、電話してもいつも小言を言われるので、話しているうちにケンカになっちゃうんです」

「別にケンカになってもええがな。親は息子の声が聞けるだけで安心なんかもしれんで。『愛の反対は憎しみやない。無関心や』言うやろ」

「はい」

「あと、別に親やなくてもええ。ふだんから自分のこと助けてくれる親友や先輩。そういう人からの愛情は受け慣れてしまっとるから、なあなあになってへんか?」

僕は自分の周囲の人たちの顔を思い浮かべてみた。確かに、仕事上で大事な取引先の誕生日にはプレゼントを持って駆けつけるのに、一番仲のいい友人の誕生日は近所の居酒屋で適当に済ませたりしてしまう。ガネーシャの言うとおり、遠い知り合いの方に気を遣っているのかもしれない。

「これは、親とかともだちだけの話やないで。たとえば自分のことひいきにしてくれるお客さんがおるとするやろ。そのお客さんは自分の言うことなら何でも聞いてくれる。融通も利かせてくれる」

「はい」

「でも、他にめっちゃうるさいお客さんおったら、つい、うるさい人に構《かも》てしまえへん?」

「あ、それはあります。大事なお客さん後回しにして、うるさい人をなんとかしようと思ってしまいますね」

「せやろ。それ、人の優先順位がまったく分かってへんねん。相手の出方でこっちが左右されてしもてんねん。それって前も話したけど『反応』してもうてるやろ。いや、お客さんは大事にせなあかんで。クレーム言うてきたり、大変なお客さんも大事にせなあかん。でもお前を愛してくれるお客さんに最高のおもてなしをするんは当然やないか。ええお客さんやからいうて甘えとったらあかんで」

「はい」

「ロベルト・ゴイズエタくん知ってる?」

「ロベル……ゴ……ズ……」

「もうええわ。コカ・コーラは分かるやろ?　ゴイズエタくんは、コカ・コーラの社長を一六年間もやっとったんや。まあコカ・コーラの社長いうたら、そらもうあり得んくらい忙しいんや」

「なんとなく、分かります」

「いや、分かってへん。自分なんかに絶対分かってへん。自分がなんとなく思ったその二五倍忙しいと思って」

「は、はあ」

「でな、そんな忙しいのにやで、ゴイズエタくんは、ある人に、毎日、必ず電話しとったんや。毎日やで。自分かて、毎日誰かに電話するなんてあらへんやろ」

「そうですね……会社の上司ですら、毎日は電話しませんからね。で、ちなみに誰に電話してたんですか?」

「ウォーレン・バフェットくんや。彼はビル・ゲイツくんと並んで世界の億万長者やねんけどな。バフェットくんはコカ・コーラの大株主やってん。で、ゴイズエタくんは、毎日電話して、『今日、ペプシがこんな戦略打ち出してきましてん。参りましたわ』て全部報告しとったんや」

「それは、相当徹底してますね」

「せやろ。普通、いくらなんでも毎日はせんやろ。でもな、ゴイズエタくんは分かっとったんや。誰が自分にとって、会社にとって、一番大事な人かいうのをな。そやからどんなに仕事が忙しゅうてもバフェットくんへの電話は欠かさんかったんや。そんでバフェットくんの方もコカ・コーラの業績がどんだけ下がっても支援し続けたっちゅう話や」

確かに僕たちは、一番大事な人をおろそかにして、そうではない人に時間を注いでしまう傾向があるかもしれない。たとえば、できる社員はほったらかしにしておいて、できない社員ばかりを注意してしまう。時間どおりに出社する社員はホメないのに、遅刻してくる社員の指導に時間を使ったりする。仕事でも、僕の周りの人間関係でも、一番大事な人をしっかりと認識し、その人たちからまず喜ばせたり、感謝をしたりするようにしよう。

僕は、電車に揺られながらそう思った。

ん？

待てよ？

さっき、ガネーシャはさらっと言ったけど、

僕にとって一番大事な人はガネーシャでいいのか？

どこに隠し持っていたのだろう、六本目のチュロスをなめ出したガネーシャの横顔を見ながら思った。

ガネーシャは僕がそんなことを考えているとはつゆほども思っていないようで、満足そうな顔でチュロスをほおばっていた。

しかし、突然、「あ！」と叫んで、僕の顔を見た。

「ドドンパ乗り忘れた！」
ガネーシャがそう言った瞬間、僕はすぐに目を閉じた。
ガネーシャは「次、いつ行く？　富士急、いつ行く？」と僕の体を揺らしたが、僕は眠ったフリをし続けた。

「ガネーシャの課題」

身近にいる一番大事な人を喜ばせる

19

昨日の夜、久しぶりに実家に電話してみた。

「なんなの、急に」といぶかしがられ、（やっぱり電話なんてするんじゃなかったかな）という考えが頭をよぎったが、とりあえず会話を続けた。母親は、最近近所の人がヘルニアになっただとか、昔からあった焼き鳥屋がつぶれただとか、聞いてもいないことを一方的にまくしたててきた。でも、電話の終わりごろには「いつ戻って来れるの？」なんて言っていたのでやっぱり寂しいんだろうなあと思った。ただ、電話の途中で「お父さんと代わる？」と言われたがさすがにそれは照れくさくて「いいよ」と断ってしまった。僕は父親とちゃんと話したことがほとんどない。いつか酒でも飲みながら話せるようになる日が来たらいいな、と思う。

＊

ガネーシャが、はしゃぎながらそこらじゅうにあるものを携帯電話のカメラで撮っている。

「こんな小っさいもんの中にゲームまで入ってるやんか！」

最近の僕は会社から自宅に戻ってからも、本を読んだり、仕事をしたり、将来について考えることに時間を使っている。お酒もよほどのことがないかぎり飲まないようになった。そんな貴重な時間をガネーシャの「遊ぼうや」に邪魔されたくないので、ガネーシャに携帯電話を買い与えることにした。携帯電話とじゃれあっていてくれれば僕の邪魔をすることはないだろうと思ったのだ。それが、まちがいだった。

「なあ、連絡先交換しようや！　なあ！」

携帯電話を僕に向けて、なあ、なあ、と迫ってくる。うっとうしいことこの上ない。

「いいですけど」

僕はガネーシャに電話番号とメールアドレスを送信した。すると今度は次から次へとメールが送られてくる。

件名：ガネーシャです

メールには必ず画像が添付してあり、それらはすべてガネーシャの顔写真だった。

「あの……」

「なに？」

「さっきから送られてくる画像なんですけど」

「あ、好きなの待ち受け画面にしてくれてええで」

「結構です」

「え……」

それからガネーシャはしばらく無言のまま立ちつくした。

「自分、ワシのこと……嫌いなん？」

「い、いえ、そういうわけでは」

「だったら、なんで待ち受け画面にしてくれへんの？　ええやん。待ち受けてくれてもええやん」

「は、はあ……」

なんだかよく分からないが、強引に押し切られてガネーシャを待ち受け画面にすることになってしまった。

「よっしゃ、これでおそろいやな」

見るとガネーシャの携帯の待ち受け画面もガネーシャになっている。僕の待ち受けになっている画像とは顔の角度が違うみたいだった。その画面を見てガネーシャは言った。

「どない思う？」

「どない、と言いますと？」

「ワシの写真見て、どない思う？」

僕はガネーシャの顔を見た。目が、ランランと輝いていた。何かを期待している目だ。言葉にはしなかったが、ガネーシャは全身のオーラでもって「何らかのホメ言葉を言うように」と訴えかけていた。それは脅迫にも近かった。僕はしぶしぶ答えた。

「いや、いいと思いますよ」

するとガネーシャは目をまんまるに見開いて驚いた。

「『いい』やと？　自分はたった二文字、『い』を二回重ねただけの二文字で、この魅惑のガネーシャ・フェイスが表現できると、本気でそない思てんのか！　ええ⁉」

またはじまった、自分好きが。つい僕の口からため息がもれる。しかしその何倍もの大きなため息をついてガネーシャは言った。

「自分、あり得へんよ。世の中にはいろいろあり得へんもんあるけど、今の自分ほどあり得へんもん、そうそうないで」

「はあ……」

「『はあ』てなんや！　『はあ』て！　だいたい自分、分かってへんやん。ホメることの重要さ、全然分かってへんやん。分かってへんからここまで来てしもたんやろ」

「い、いや。ホメることの大事さは分かっているつもりです」

「嘘たれ。絶対分かってへんわ。じゃあ何で大事か言うてみいや」

「それは……やっぱり人はホメられた方が気持ちいいですし。なんというか、ホメた方が人間関係がスムーズに行くでしょうし……」

するとガネーシャは「はあぁぁ……」とわざとらしく大きなため息をつくと言った。

「やっぱりそうやん。やっぱり自分全然分かってへんやん」

「どうしてですか？」

「だって自分、『ホメること＝人間関係がうまくいく』程度の認識やん」

「そうでしょう。まちがってないと思いますけど」

「そやから自分は四流やねん」

「よ、よんりゅう……」

「ええか？　ほんなら聞くけど、人はどんな人のところに集まる思う？」

「どんな人って……そりゃ好きな人のところでしょう」

「じゃあどういう人を好きになんねん」

「そりゃ、人それぞれでしょう。好みがありますから」

「ちゃうな。今からめっちゃ重要なこと言うから覚えとくんやで。ええか？　人は、自分の自尊心を満たしてくれる人のところに集まるんや」

「自尊心を満たしてくれる人……」

「そうや。その人のそばにおったら、自尊心が高まる、プライドが満たせる、そういう人のそばに人は集まるんや」

「へ、へえ……」

「たとえばお金持ちや成功した人、有名人の周囲に人が集まるのも同じやで。そういう人と一緒におるとプライドが満たされるやろ」

「言われてみると、そうかもしれませんね」

「また逆を言うたら、人の自尊心が満たせて、人から応援されて、押し上げられるようなやつが成功してくんや。だってそうやろ？　周囲から嫌われて足引っ張られまくっとるやつが成功するわけないやん。たまたま何かの拍子でうまいことといっても、最終的には足引っ張られて蹴落とされるやん」

「確かに一瞬成功をつかんでもすぐに失ってしまう人は多いですね」

「せやろ。それはな、応援されてないからや。その人を守ろう、いう人が周囲にたくさんおったらそういうことにはならへんのや。そのこと分かってたら、『人の自尊心を満たす』ちゅうことがいかに大事か分かるやろ」

「は、はい」

「ずっと成功し続けとるやつらはそのことが分かっとる。自分、アンドリュー・カーネギーくん知っとるか？　鉄鋼業で大成功してカーネギー大学とかカーネギーホール作った子や。鉄鋼大好き！　カーネギーや」

「名前は……聞いたことがあるような気がします」

「自分らがそう言う時は、全然知らん時やけどな。まあええわ。カーネギーくんはな、小さいころ、ぎょうさんウサギ飼《こ》うとったんや。で、そのウサギの餌を集めるのに、一人じゃ無理やったから、他の子ども使《つこ》たんや。でな、カーネギーくんはウサギの餌をぎょうさん持ってきた子どもの名前をウサギにつけたったんや。こんなことされたらめっちゃうれしいやん。人って、自分の名前めちゃめちゃ大事にしとるからな。せやから子どもたちはどんどんウサギの餌探しに行ったんや」

「なるほど」

「しかも、この方法、カーネギーくんは大人になってからも使たんや。カーネギーくんは同業者をどんどん合併、吸収して会社を作ってったんやけど、そん時、相手の会社の名前を残すようにしてたんや。そしたら合併相手の社員も頑張って働くやろ。そもそもカーネギーくんはな、鉄鋼王て呼ばれてんねんけど、実は鉄鋼のことあんまり知らんかったんやで」

「そ、そうなんですか？」

「そうや。ただカーネギーくんは鉄鋼のことはよう知らんかったけど、人の自尊心を満たすことを徹底的に知っとったわ。だいたいな、これ当たり前のことやけど、ホンマに当たり前のことなんやけど、成功したいんやったら絶対誰かの助けもらわんと無理やねん。そのこと分かってたら、人のええところ見つけてホメるなんちゅうのは、もう、なんや、大事とかそういうレベル通りこして、呼吸や。呼吸レベルでやれや！　二酸化炭素吐くのと同じくらいナチュラルにホメ言葉言えや！　ええか？　今日の課題は『人のいいところを見つけてホメる』や！　分かったか！」

「は、はい！」

「よっしゃ、もう大丈夫やな」

ガネーシャの顔面が僕の鼻先数センチのところまで接近していた。

（ホメなければ……ホメなければ……）

僕の額から、一筋の冷たい汗が流れた。

［ガネーシャの課題］

誰か一人のいいところを見つけてホメる

20

いざ「ホメる」ということを実行しようとすると、これが意外に難しい。ただ表面上持ち上げるだけでは「おべっか」になってしまう。やはり相手をよく見て、相手をよく知り、素晴らしいと思える部分について正直に言う、それが「ホメる」ということなのだと思った。

「どや、ちゃんとホメとるか?」

ガネーシャの顔が、また近い。自分がホメられていないことに不満を感じているみたいだ。できるだけそのことに触れないようにして課題の感想を伝えた。

「なかなか難しいものですね。面と向かってホメるのは照れてしまいますし、相手のことをよく知らないとダメだなあと実感しました」

「ベクトルがな、自分に向きすぎなんや」

「ベクトルですか?」

「そや。ベクトルや」

しかしガネーシャはその後何も言わず沈黙した。そして僕を見つめた。どういうことだろう？　ガネーシャは一向に話を進める気配はなく、ただひたすら視線だけを僕によこしてくる。しばらく膠着《こうちゃく》状態が続いていたが、ガネーシャはため息とともにつぶやいた。

「あかんわ」

「何がですか？」

「いきなり自分、ホメるポイント逃してるやん。今、まさにワシの深い話がはじまろうとしてたやん。だったら、会話止めてでも、ホメ入ってこんと。……ああ、もうちょっと教えたるわ。自分、ワシの役やれや」

「ええ？」

「いいから早くやれや」

「は、はい」

そして僕はガネーシャの言葉を思い出しながら再現してみた（とはいえガネーシャの口調をマネることはできなかったが）。

「べ、ベクトルがな、自分に向きすぎなんだよ」

「ベクトルですか？」

「そう。ベク……」

「ちょっといいですか？　お話し中すみません」

「な、何？」

「ガネーシャさんて、よく、独自のボキャブラリー使われますよね」

「そ、そうかな」

「そうですよ。なんていうか、難しい内容も、すごくイメージしやすいような言葉でお話しされますよね。だから僕みたいな頭の悪い人間でもその深みに降りていけるといいますか、何て言うんですかね、たとえるなら深海に潜るための酸素ボンベ的な？　ガネーシャさんのボキャブラリーが、ガネーシャさんの教えという深淵に降りるための酸素ボンベ的な役割を果たしているんです。ただ、悲しいかな、僕たちの関係性における唯一の欠点は、僕自身のボキャブラリーが足りないために、ガネーシャさんの素晴らしさを言い表せてないという点なんです。酸素ボンベて。もっとましな例えないのかって話なんです。実は、ずっとありました。『釣り合えてないいな』っていう思いが。話し手と聞き手の濃度の違いっていうんですか？　正直、全然釣り合えてないじゃないですか、僕たちって。だから本当は早い段階で言うべきでした。『もったいないです』と。あなたのお話は僕にとってももったいなさすぎると。あり得ないと。でも言えなかった。なぜって？　それは、あなたの話が素晴らしすぎたからです。あなたの教えが素晴らしすぎて、ずっと聞いてたくて、だからつい今までこうしてあなたのおそばに居続けてしまいました。でも今、決心がつきました。これが限界だと。リミットだと。深すぎると。これ以上は降りられないと。だから言わせてください、さよならを」

ガネーシャは荷物をまとめはじめた。僕がふだん使っている旅行用のバッグにそこら中にあるモノを投げ入れていった。僕はそれを口を開けて見守っていた。見守るしかなかった。荷造りが終わったのだろうか、ガネーシャは玄関に向かって歩きはじめた。しかし、数歩歩くと立ち止まり、振り返って言った。

「あの……。お別れの前に一つだけ、手土産をいただけませんか」

「手土産？」

「はい。それは……」

そしてガネーシャは目いっぱいの間《ま》をとったあと、ニヤリと笑って言った。

「先ほどの、『ベクトル』のお話の続きです」

そしてガネーシャは僕を見下ろすようにして言った。

「ま、これくらいのことは……」

その瞬間、僕の右手はガネーシャのこめかみをつかんでギリギリとしめ上げていた。

「な、何すんねん！」

「すみません。体が勝手に」

ガネーシャは僕の手を振り払うと怯《おび》えた目で言った。

「な、なんちゅうか自分、たまに獣に見える時あるわ」

「お話の続き、お願いします」

「せ、せやな」

　ガネーシャはこめかみをさすりながら話をはじめた。

「ほら、ワシ、人の心読めるやん？　まあいつも読んどると大変やから気が向いた時だけにしとるけどな。人が何考えとるか見ると、まあひどいで」

「どういうことを考えてるんですか？」

「まあ、ほとんどが自分のことやな。もっといえば、自分の欲がどうなっとるかっちゅうことやわ」

「自分の欲、ですか？」

「せや。『腹減った』とか『寒い』とか『嫌だ』とか『やりたくない』とか」

「なるほど」

「そんで、人と話してる時もたいがい考えてるのは自分のことやで。『この人、俺のことどない思てんねやろ』『俺、ナメられてへんか？』『うわ、緊張してきた』そんなことばっかやん」

「確かに、自分のことを中心に考えてる気がします」

「それがワシに言わせたら『自分にベクトル向きすぎ』ちゅうことになるんや。もっとふだんから他人を見とかんと。他人をよう観察して、この人はどういう特徴があって、どういう才能があって、どういう癖があって、どういう人なんやろてずっとそのことを見とかんと。そうせんとホメられへんやろ」

「そうなんです。自分のことばかり考えてると相手をどうホメていいか分からないんです」

「これはな、ホメることにかぎった話やないで。人の自尊心を満たす、人を喜ばす、人を気持ちよくさせる、それを自分らの知ってる言葉で『サービス』言うんやけど、たえず人を見続けとかんとサービスなんてでけへんやろ」

「なるほど」

「自分らは、自分にサービスすることばっかり考えてんねん。自分のエゴや欲を満たすことしか考えてへんねん。でもな、もっと他人にサービスすること考えて、そのことを自分の喜びにしてみいや。『人の欲を満たすこと＝自分の欲を満たすこと』このガネーシャ方程式が体に染み込んでたら、あとはほっといても成功するで」

（ガネーシャ方程式？　また勝手に何か作ってる……）少々ひっかかる部分もあったが、今日うまく人をホメられなかったのもあってか、ガネーシャの話は身につまされた。人を気持ちよくすることが同時に自分を気持ちよくすることであれば、確かに成功している自分を思い描くことができる。

「あ、あとな」

「はい」

「もしかしたら自分にはハードル高いかも分からんけど、人のええとこ見つけたらホメるのも大事やけど、それと一緒に……」

「一緒に？」

「盗めや」

「盗む？」

「そや。自分ら見てると、ホンマ人のマネするの下手やな。なんやあれ？　プライドがそうさせてるん？　でも成功してるやつ見てたら分かる思うけど、たいがいコピーするのがめちゃめちゃうまいで」

「コピーですか？」

「せや。ええか？　こんなこといまさら言わんでも分かっとって当然なんやけど、成長するために一番効率いい方法はな、コピーや」

「そういえば『すべての創造は何かの模倣《もほう》だ』という言葉を聞いたことがあります」

「そうや。でもな、自分らはそういう言葉知ってんのに、びっくりするほどマネせえへんやろ」

「うーん。あからさまにマネするのはちょっとどうかなと思います。恥ずかしいというか、何か気後《きおく》れするんですよね」

「それがもう『自分にベクトル向いとる』状態やっちゅうねん。なんでマネすると気後れするんや？　なんでマネすると恥ずかしいんや？　それは、自分らの勝手なプライドやろ」

「そうかもしれません」

「だいたい、『何のためにマネするのか、何のために模倣するのか』そのこと考えたことあんのんか？」

「それは……良い結果を出すためですか？」

「まあそう言うこともできるわな。でもな、その結果いうんは、自分のためでもあるけど、同時にお客さんのためでもあるやろ。ええか、こう考えてみい。マネするんはな、お客さんを喜ばせるためなんや。人を喜ばせるという目的に照準が合《お》うてたら、人のマネすることに恥ずかしさなんか感じてる暇あれへんのや。いや、好き勝手パクってええってことやないで。たとえば同業者のやってることマネさせてもらうんやったら、それなりに筋通さなあかんこともあるやろ。でもな、早《はよ》う成長して、早う技術覚えて、もっと多くの人をもっと喜ばせたいいう思い、それが何より大事なんや。分かるか？」

「はい。なんとなく分かる気がします」

「モーツァルトくん知ってるやろ」

「はい。有名な音楽家ですよね」

「そや。彼かてマネの達人やったんやで」

「ええ⁉　そうだったんですか？」

「そや。同じ世代の作曲家を研究したりマネしたりするんで有名やったんやで。けどモーツァルトくんの演奏聴いて、誰もパクリや思わへんのや」

「それは、なぜですか？」

「そんなもん、モーツァルトくんの曲が圧倒的に素晴らしかったからに決まってるやんか。つまり、それだけ聞く人を喜ばせたってことや」

「なるほど」

「芸術の世界だけやない。実業の世界でも同じやで。ウォルマートの創始者サム・ウォルトンくんは自分の店にいるよりライバル店にいる時間の方が長かったて言われるくらい研究熱心やったんや。ウォルトンくんは『自分がやったことの大半は他人の模倣だ』と公言しとるで。あとアップルのスティーブ・ジョブズくんかて、側近の人間から『彼は人のアイデアを盗む天才だ』って呼ばれてんねん。それをセコいとか卑怯とか、そういうレベルで見るんは、単純に上っ面しか見てへん小っさい人間やねん。もっとお客さんのこと見んと。ええか？　お客さんのために、模倣するんやで。分かったか？」

「は、はい」

「よし、じゃあ今日の課題いくで。『人の長所を盗む』や。会う人の長所を見つけて、それを自分のモノにしろや」

「分かりました」

「よっしゃ！　そしたらまずは、このワシのシャープな動き盗めや！」

そしてガネーシャは今まで見たこともないような滑稽《こっけい》なダンスを始めた。しかし、音楽もなく繰り広げられる奇怪なガネーシャ・ダンスをどう取り扱っていいか分からず、ただ呆然と見続けるしかなかった。

［ガネーシャの課題］

人の長所を盗む

21

今日は、社内で一番成績のいい同僚とできるだけ一緒に過ごすようにした。彼の企画力や営業力を身に付けるにはどうしたらいいかということを常に考えながら接した。するとあることに気づいた。時折、彼と口調が一緒になったり、同じような仕草をしている僕がいるのだ。人は何かをマネようとする時、まず、動きや言葉から入るのかもしれない。

*

帰宅した僕の目の前に飛び出してきたのは、ガネーシャの手のひらだった。

「やっぱ、ワシ、パチンコよりスロットの方が向いてると思うねん」

——どうも小遣いを要求しているようだ。

「パチンコで勝ったお金はどうしたんですか?」

「なくなってもた」

「神様は引きとか強いんじゃないんですか？」

「勝負は時の運や。これぱっかりは神といえど例外やない」

ガネーシャは凛々《りり》しい表情で僕をにらみつけた。ここはそういう顔をするところじゃないだろう。

「……もうお金ありませんよ」

「なんでや。貯金とかないんか」

「ありません。あったとしてもあなたのスロット代は出しません。ただでさえ食費がかさんでるんです」

そして僕は深刻そうな顔でガネーシャを見た。

「な、なんやねん急に」

「実は、もうほとんどお金がないんです」

「マジかいな」

これにはガネーシャも相当ショックを受けていたようだった。実際のところ、貯金は底を尽きつつあり、ガネーシャを養う余裕なんてほとんどないのだ。二人分の食費だけでもすごいことになっているのに、それに加えて毎食後のデザート、あんみつ、間食、あんみつで、普通に暮らすよりもはるかに多くのお金がかかっている。

しかし、こうした懐《ふところ》事情を知ったガネーシャの行動は、僕の予想を超えたものだった。

「しゃあないな。仕事探すか」

なんとガネーシャはパソコンを開き、求人広告を物色しはじめたのだ。ガネーシャが働くという選択肢を選んだことに驚いたが、それ以上にほっとした。きっとニートの子どもをもつ親の心境はこういう感じなんだろう。

しばらくしてからガネーシャの手があるページで止まった。

「お、これええやん」

ガネーシャは、早速電話をかけた。

「はい。求人広告を見たんですけど。そうなんですよ。はい。できれば出勤は土日か自宅勤務で……」

しばらくやりとりしたあと電話を切るとガネーシャは僕を見て言った。

「面接、明日やて」

「明日なんですか？　それはまた急ですね」

「頑張りや」

「は？」

「『は？』やあれへんがな。油断すんなよ」

「あの……」

「なんや」

「まさか」

「なんや？」

「僕に行かせるつもりじゃないですよね」

「そのつもりやけど」

「あの……なぜですか？」

「愚問やで。だってワシ神様やし。働きとうないから頑張って神様目指したみたいなとこあるし」

僕はこの時、ある決断をした。

よし、こいつを追い出そう。

いろいろなことに目をつぶってきた。しかし、もう限界だ。僕は、ガネーシャが押し入れにためこんできたがらくたを外に放り投げた。

「ちょっと、何すんねん自分」

僕は無視して部屋を見回した。ぶらさがり健康器の棒にくくりつけられている二本のヒモの先にまな板がぶらさがっている。その「ガネーシャ専用ブランコ」を力いっぱい取り外した。

「あ、あのな……」

天井に貼り付けてある『天井』と書かれた半紙をはぎとる。

「ちょっと話聞いてや」

洗面所に行き、ガネーシャの使っていたピンク色の歯ブラシをゴミ箱に投げ入れた。だいたいなんでピンク色なんだ。彼女か、お前は。

「こういうこと言うたら、自分はまた屁理屈や言うかもしれへんけど」

「なんすか」

「自分に新しい仕事やらそう思たんは、ワシが働きたないだけやないんや。お前さんのためを思ってそうしとんのやで」

お前のためを思って、と言われて過去、本当に僕のためだったためしがない。

「実は、自分のキャリア、まあそれは自分だけやなしに、日本人のキャリアに言えることやけど、そこには致命的な欠陥があるんや」

致命的な欠陥？

「自分は、今までいくつの仕事経験した？」

「……今の仕事だけですけど」

「そうやな。大学出てから今の会社に就職して、そのまま働いとるわな」

「はい」

「じゃあ大学におる間は、何しとった？」

「大学ですか……？　それはサークル活動したり、いろいろと」

「要するに、遊んどったわけやんな？」

「遊んでたわけでは……一応授業にも出てましたけど」

「けど、今となっては、完全に無意味やんな？」

「そう言われると、まあ今の仕事には大学の勉強はほとんど役に立ってませんけど。でもそれがなんなんですか」

「まあ聞けや。ええか？　日本のほとんどの大学生は、なーんも仕事を経験せんと、そのまま会社に放り込まれるわ。自分のやりたい仕事はなんも分からんのに、なんとなく名前のある企業を受けるわ。でも、会社の面接ではまるでやりたいことがあるかのように話すやろ」

「そうですね。面接では受かるために自分を演出したりします。そのやり方を教えてくれる本や講演なんてのもあるくらいです」

「せやろ。でもな、面接受けとる時の自分らは『やりたい仕事』なんて、なんも分かってへんやん。そもそも働いたことなんてほとんどないやんか。やったことがあるんは、金欲しさにやるバイトくらいやろ。そんなんで、仕事の本質が分かるわけないやん。だから大学時代に『やりたい仕事』見つけるなんて無理な話やろ？」

「まあ学生の中には、やりたい仕事を見つけてる人もいるかもしれませんが、大半の学生は見つけられませんね」

「けど周囲の人からバカにされたないから、ナメられたないから、それなりに名のある企業入って、上司から『これやれ！』言われて、そうやって命令されたことをこなしてこなして今まで来とるんやろ」

「はい」

「そんなん、無理やり宿題やらされとる小学生やないか」

「まあ否定はできませんけど……」

「小学生の時の自分思い出してみい。自分が一番力発揮できとったの、嫌々やる宿題でやったか？　ちゃうやろ。カブトムシどうやって獲るかとか、ドッジボールやったりゲームやったり、そういう時に脳みそフル回転やったやろ」

「確かに……休み時間には、一番集中していました」

「ええか？　自分がでっかい仕事しよう思たら、成功しよう思たら、あのカブトムシ獲る時の感覚が仕事の中に少しでもないとあかんで。自分の持ってる能力一〇〇パーセント発揮して、やっと人より優れた仕事できんのに、嫌々やっとったら絶対小っさい仕事しかでけへんよ。こんなもんワシがわざわざ言わんでも普通に考えたらそうやろ。あ、そうや。カブトムシの話でちょうど思い出したけどな、ダーウィンておるやろ」

「ダーウィンって進化論で有名な、あのダーウィンですか？」

「そうや。あいつ、カブトムシ捕まえるの好きでな。珍しいカブトムシ二匹捕まえて、それを右手と左手に持っとったんや。そしたら目の前に、さらに珍しいカブトムシ現れてん」

「はい」

「あいつ、どうしてもそのカブトムシ持っていきたくて、でも右手も左手もカブト持ってるから手がふさがっとるやろ。どうしたと思う?」

「分かりません」

「カブトムシ、口に入れたんや」

「マジすか?」

「マジやねん。そしたら変な液体出てきて、めっちゃ苦かったんやて。そんで驚いて全部のカブト逃がしてまいよったらしいねん。……どう思う?」

「正直、バカだと思います」

「お前が言うな」

「す、すみません」

「まあでも、そんなんやねん。でっかい仕事残すやつらって、みんなそんなんやねんで。小学生気分でワクワクしながらする作業をそのまま仕事にしてまいよる。だからずっと集中できるし、楽しいし、それってハタから見たら、えらい頑張ってるように見えるかも分からんけど、全然ちゃうねん。まあ確かに大変なこともあるやろうけど、基本的には楽しくやってるだけやねん」

「なるほど……。でも、それってやっぱり限られた一部の人じゃないですか？　世の中の人全員が昆虫を研究して生きていくわけにもいきませんし」

「アホか。みんな『あの人たちは特別だ』そうやって自分に言い聞かせて、結局やらされ仕事に埋没してまいよるんや。いや、ええんやで。それは別に悪いことやあれへん。やりたくないことやる人も社会には必要やねん。でも自分、成功したいんやろ。お金持ちになって有名になりたいんやろ。せやったら、ホンマ自分がワクワクできて自分の持ってる力一番発揮できる仕事、探さんといかんねん。そんなもん、死ぬ気で探さんといかんねん。そんで自分が『これや！』て思える仕事見つけたら、あとはそれやるだけやん。ひたすら楽しみながら頑張るだけやん。でも、九九パーセントのやつらが、『これや！』に出会えてへんねん。ここまで言うたら、もう、それが何でかは分かるやろ？」

「それは……大学を出て、仕事のことを知らないのに就職して、そのままだからですよね」

「分かってるやん。自分の『これや！』て思える仕事見つけるまで、もう他のもんかなぐり捨ててでも、探し続けなあかんねん。収入が不安定とか、親や恋人が反対するとか、そんな悠長《ゆうちょう》なこと言ってる場合ちゃうで。仕事まちがえたら、それこそ一生を棒に振ることになるんやで」

「一生を棒に振る……」

「そやで。せやから、自分みたいなんは――特に、大学卒業してすぐ就職した会社にずっとおって、でも自分がいるべき場所はここやない、みたいに思てるやつは、本気で他の仕事の可能性を考えなあかんねん。それは、『こっちの方が収入がいい』とか『あの会社の方がブランドがある』とかそんなレベルで考えたらあかんよ。自分の能力がいちばん発揮される職種を選ぶんやで。それが見つかるまでは、絶対探すのやめたらあかん。あきらめんかったら、絶対見つかるから」

「絶対、見つかるんですか？」

「そや。これはもう絶対やねん。自分、ラーメンは何味が好き？」

「ラ、ラーメンですか？」

「ええから答えろや。ラーメンは何味が一番好きや？」

「僕はとんこつ味です」

「お、ワシと一緒やな。で、質問やけど、なんで自分はとんこつ味が一番好きて分かるんやろな？」

「それは、他の味と比べたらとんこつがおいしかったからです」

「せやろ。つまり『ラーメンの他の味を食べた』から分かんねん。最初とんこつ食べて『そうでもないな』思ても、その後しょう油味食べたら、『やっぱとんこつやな』って思う場合もあるっちゅうことやねん。つまりは『経験』や。全部経験しとるから、選べんねん。自分にどれが向いてるか分かんねん。でも、自分ら、一番大事な『仕事』に関しては、全然経験してへんやないか。生まれてから死ぬまで、ずっと同じ味のラーメンしか食べてへんやん。ええか、ラーメンにはな、塩味もあるんやで！　味噌味だってあるんや！　とんこつしょう油、いうのもあるんや！　とんこつしょう油背脂《せあぶら》や！　麺固めで！　卵二つ入れてや！」

気づいたら僕は、キッチンに立ってラーメンを作らされていた。レトルトのラーメンをゆでながら、僕は思った。確かに人生の一番長い時間を占めるであろう仕事に関して、徹底的に経験を積んできただろうか。そう考えると、不安になる。明日の面接、受けてみようかなと考えている僕の目の前で、熱い湯気が揺れていた。

［ガネーシャの課題］

求人情報を見る

22

「で？　志望動機は？」

「はい。やはり御社の社訓であるところの『全力で社会に貢献する』という点に共感しまして」

「でも、君の履歴書見ると、『土日のみ出勤可』ってあるんだけど」

「は、はい」

「それ、野球で言ったら『DH希望』みたいなことだよね。君は相当なスラッガーなわけだ」

　完全な圧迫面接だった。

　やはり土日しか出勤できないという点に関して鋭く突っ込まれた。

　面接官は、他の会社に勤めながら土日も副業で働きたいという希望に明らかな難色を示していた。

　しかしどうしても一つだけ納得いかないことがあった。それは僕の目の前で圧迫面接をしている面接官は——ガネーシャなのだ。

2巻 「お金」と「幸せ」の関係、ごっついの教えたろか。

夢をかなえるゾウ2
ガネーシャと貧乏神
【単行本・文庫版】

万年売れないお笑い芸人、西野勤太郎のもとにガネーシャが降臨！「ワシとコンビ組もうや」。お笑い界での成功を目指す西野に、ガネーシャは「お金」と「才能」の関係について教えを授けるのだが――。夢に向かって挑戦しても才能がなかったら生活はどうなる？ バラエティ豊かな教えが満載の自己改革小説、第二弾！

3巻 「仕事」と「恋愛」に効くスパイシーな教えやで。

夢をかなえるゾウ3
ブラックガネーシャの教え
【単行本・文庫版】

人生くだりのエスカレーターに乗りかかった、夢をあきらめきれない女性社員の部屋に現れたガネーシャは、筋肉隆々のブラックな姿に変身！鬼コーチ、ブラックガネーシャが手ほどきする、カーネルサンダースを白髪にし、ムンクを叫ばせるほどにスパイシーな教えとは？ガネーシャのライバル神との商売対決も必見の第三弾！

4巻 自分、今の生き方やったら、死ぬときめっちゃ後悔するで。

夢をかなえるゾウ4
ガネーシャと死神
【単行本・文庫版】

妻と娘を何よりも愛する平凡な会社員の主人公は、突然医者から「余命三か月」を宣告される。狼狽する彼の元にガネーシャ登場！家族の将来を守るため、わずかな期間で大金を手に入れようと、藁にもすがる思いでガネーシャのアドバイスを実践することになるが――。夢の「かなえ方」と「手放し方」が学べる、シリーズ第四弾！

0《ゼロ》巻 え!? 自分、「夢」がないやて？ほな「夢の見つけ方」教えたろか。

夢をかなえるゾウ0
ガネーシャと夢を食べるバク
【単行本】

パワハラ上司の横暴に悩まされる会社員を「宇宙一の偉人に育てる」と宣言したガネーシャ。しかし彼にはそもそもかなえたい「夢」がなかった――。夢ソムリエのバクや、ガネーシャの父親シヴァ神も登場し、隠されていたガネーシャの秘密も明らかに。「夢とは何か？」「夢は本当に必要なのか？」を解き明かす、シリーズの原点「0」！

「面接の練習やっといた方がええんちゃう？」というガネーシャの提案により、僕はガネーシャ相手にテスト面接を受けていた。

面接官としてのガネーシャは容赦《ようしゃ》なかった。

どうして副業をはじめようとするのか？　今勤めている会社に不義理などは感じないのか？　徹底的に追及してきた。

「で、君の趣味は？」

「趣味は……読書ですかね」

「古いね」

「そ、そうですか？」

「趣味が読書って古臭いでしょう、明らかに。ねえ社長」

そういうとガネーシャは机の上に置いてあるぬいぐるみ（これはガネーシャがゲームセンターのＵＦＯキャッチャーで獲ってきたと自慢していた）に話しかけた。ぬいぐるみの前には「社長」と書かれたネームプレートが置いてある。

社長は（当然）何も話さなかったが、ガネーシャは「ほほう」とうなずき、しばらくの間、うんうん、なるほど、そうきますか、などとつぶやいたあと、僕の方に向き直ると言った。

「新しいね」

「は？」

「趣味が読書というのは『逆に新しい』という結論に達したよ。今しがた」

ガネーシャの悪ふざけがはじまっていたことに、この時やっと気づいた。

「あの、もっとマジメにやってもらえますか。あなたを養うために僕は土日まで返上して働こうとしているんですよ」

「マジメにやっとるがな。ええか？　面接いうもんはな、相手がおどしてこようがふざけようが、冷静沈着につとめんとあかんのや。その練習をしたってるんやがな。これ、嫌がらせちゃうで。ラブやで」

何がラブだよまったく。

「もういいです」

僕は椅子から降りてごろりと横になった。面接の練習なんてうんざりだ。

「おい！　あかんがなそんなんじゃ。落ちたらどないすんねん。ただでさえ土日しか働けんいうハンデ背負うてんのに！」

「その時はその時ですよ」

「ワシはどうなんねん！　ワシは！」

さっきまで鬼面接官だったのが嘘のように動揺している。忙しいやつだ。

ガネーシャは、どうすんねん！　どうすんねん！　と歩き回っていたが、突然パッと表情を明るくして言った。

「そや。『お参り』行こ」

「お参りですか？」

「うん。面接受かりますようにて。この近所にお宮さんあったやんな？」

「いや、別にいいですよ。面倒だし」

この言葉にガネーシャは「出たで」と小さくつぶやいてから、息を思い切り吸い込んで叫んだ。

「ええか？　よう聞いとけよ。どないしたらうまくいくか、どないしたら成功できるか、実は、みんな心の底では分かってんねん。自分かて今の会社でどないしたら出世できるか、どないしたら給料上がるか、本当はなんとなく分かってるやろ。でもやれへんのや。なんでや？　それは、『面倒』だからや。世の中のほとんどのやつらが凡人やってんのも、そいつらが『面倒臭がり』やからや。それだけなんや！」

さっきまでふざけていたのに、なんなんだろうこの剣幕は。ガネーシャはフゥフゥと鼻息を荒くして言った。

「『お参り』ナメんなや」

「いや、別にナメてるわけじゃないんですけど」

「いや、ナメとるわ。自分、『お参り』ナメきっとるわ。『お参りなんて意味ない』そう思っとるやろ」

「意味ないでしょ」

「それや。だからダメなんや。ええこと教えたろか。タイガー・ウッズくんて知っとるやろ？」

「ええ、まあ。プロゴルファーのタイガー・ウッズですよね」

「そや。あのタイガーくんもようお参り行っとるんやで。オカンの影響やけどな。タイガーのオカンは熱心な仏教徒で、ロサンゼルスの寺院でタイガー連れて、ようお参りしとったんや」

「そうなんですか？」

「そうや。そんでタイガーくん自身も、ここ一番の時、余裕を持ったり集中力を発揮したりしたい時、信仰心に意味があるのを認めとるんや。一見無意味な儀式やお祈りを大事にしとるスポーツ選手はぎょうさんおんねんで」

「へぇ……」

「非科学的やから言うて、すぐ『意味がない』とか『気持ち悪い』て、心のバリア張ってまうのも自分らの悪い癖や。あの天才科学者のアインシュタインくんも言うとるがな。『宗教なき科学は不具であり、科学なき宗教は盲目である』。自分もちょっとはアインくん見習えや」

「は、はあ……」

「さて」

ガネーシャはタバコに火をつけ、一息ついてから言った。

「今のワシの話聞いて、ちょっとでも自分に役に立ちそうやと思てやってみるやつと、じゃまくさい言うてやらんやつ。どっちが成功するかいな?」

「それは……やってみる方でしょうね」

「お前、ホンマか? お前、ホンマに分かってるか? じゃあ言うてみいや。何でやってみる方が成功するんや?」

「そ、それは、あれじゃないですか。やってみないと分からないというか……」

「自分はあれやな、根本的なところでは理解できてへんな。ええか? 成功したいて心から思とるやつはな、何でもやってみんねん。少しでも可能性があることやったら何でも実行してみんねん。つまりやな、『バカバカしい』とか『意味がない』とか言うてやらずじまいなやつらは、結局そこまでして成功したくないっちゅうことやねん。『やらない』という行動を通して、成功したくない自分を表現してんねん。すると宇宙はなあ、『ああ、こいつ成功したないんやな』そう考えるんや。そういうやつから真っ先に成功から見放されてくねん」

確かに、恥ずかしいとか、面倒だとか、意味がないとか、やらないことに対する言いわけは全部、実は「そこまでして自分が成功したくない」という考え方に根ざしたものかもしれない。

「さ、お参り行くで」

「は、はい」

僕はしぶしぶガネーシャの後を追った。

［ガネーシャの課題］

お参りに行く

23

賽銭箱《さいせんばこ》に一〇〇円玉を投げ入れ、シャランシャランと鈴を鳴らした。

面接に合格できるように両手を合わせようとすると、突然隣にいるガネーシャがこんなことを言い出した。

「お参りの裏技教えたろか?」

お参りに裏技なんてあるわけないだろ……。眉をひそめながらガネーシャを見たが、ガネーシャの目は本気だった。

「この方法使うと、願いがかなう確率がなんと三割増(ガネーシャ比)になんねん」

「嘘つかないでくださいよ」

「ホンマやって。けど、これ知ってるんは神様だけやから誰にも言うたらあかんで」

「は、はい」

「ほんなら質問やけど、そもそも、自分らは何のためにお参りに来るんや?」

「そりゃ願い事をかなえてもらうためでしょう」

「まあ、せやろなあ。けどな、ちょっと神様の立場に立ってみい」

「神様の立場ですか……」

「神様の所にはな、毎日毎日、世界各国津々浦々から『健康になりたい』『お金が欲しい』『恋人が欲しい』『幸せになりたい』て、お便りが寄せられるんや。まあ好き勝手願いよるなあ自分らは。しかもその願い事かなえるために差し出すのが小銭て。自分らの幸せどんだけ安上がりですかーいう話や」

「まあ、言われてみればそうかもしれません」

「けどな、そんな中でやで、たまに、もう、ほんのたまにやで、こんなんがおるんや。『いつもいつも良くしていただいて、神様ありがとうございます』」

「へぇ……」

「ぐっとくるよね。神様側からしたら、そういうの、ぐっとくるよ。神様連中みんなで言うてるよ。『今の、ぐっときたよね』って。もう、こういう子はな、優先的に願い事かなえたるのが、内々での暗黙の了解になってんのよ」

「そういうものですか」

「そりゃそうやで。神様だって、ぐっときたいのよ。あ、あとな……」

「何でしょう？」

「お墓参りも同じやで。自分みたいなんは、まあほとんどお墓参りなんて行かへんと思うけど」

「正直……もう何年も行ってないですね」

「お墓参りでも願い事するやつおんねんな。『ご先祖さま、僕の願いをかなえてくださ い』てな。でもな、そんなもんご先祖さんからしたら『たまに来たかと思ったら願い事かい！』やで」

「ま、まあ言われてみればそうかもしれません」

「そやから、お参り行く時はいっつも『ご先祖様のおかげで自分は幸せです。ありがとうございます』て感謝するんや。そしたらご先祖さんもテンション上がってやな、『困ってることないか？　一肌脱ぐで』ちゅうことになるんや」

僕はガネーシャの話には半信半疑だったけど、とりあえず両手を合わせて、感謝してみようとした。

しかし、思い浮かぶのは自分の願望ばかりで、神様に何を感謝していいのかまったく思いつかなかった。

「ぐっとけえへんなぁ」

ガネーシャは口をとがらせて言った。

＊

「お、お、おっ」

帰り道、ガネーシャが鼻をひくひくさせたかと思うと、突然駆けはじめた。

「ちょ、ちょっと待ってください」

あわてて後を追ったが、ガネーシャのスピードは速くてどんどん離されてしまう。曲がり角を二つ曲がったところでガネーシャが急に立ち止まった。ガネーシャの前にあるのは、最近話題になっているシュークリーム屋さんだった。

ガネーシャは体を店に向けたまま、首だけをこちらに回し、じっと僕を見ていた。僕は思わず目をそらし、しばらくしてから、そっとガネーシャを見た。ガネーシャの両目は僕をとらえたままだった。僕は観念して言った。

「入りますか?」

するとガネーシャはにっこりと笑って答えた。

「そこまで言うなら、しゃあないなあ」

＊

「自分、まさかワシが甘いもん食べたいがために、この店入ったと思てへん?」

口の周りに大量のカスタードをつけたままガネーシャが言った。テーブルの上には、シユークリームがうず高く積み上げられており、明らかに注文しすぎな僕たちは、ほかの客たちの注目の的だった。

「明らかに、甘いもの食べたいだけですよね？」

「みくびんなや、ワシを。この店入ったのはちゃんとした理由があるんや」

そう言いながら、両手で一つずつシュークリームをつかむと口の中に放り込んだ。

「だいたい自分は、もぐもぐ……この店、もぐもぐ……何でこんなに流行《はや》って、もぐもぐ……」

「あの、しゃべるか食べるかどっちかにしてもらえますか？」

「じゃ、食べるわ」

ガネーシャが一五個のシュークリームをすべて食べ終わるのを僕は無言で見守った。最後の一つを食べ終えたガネーシャは紙ナプキンで口の周りをふくと言った。

「帰ろか」

「ちょ、ちょよっと待ってください！　店に入った理由教えてくださいよ！」

「ええツッコミやないの。いやあ自分、ここまで育ってきたかあ」

そう言ってガネーシャはうんうん、とうなずいた。

別にツッコミが成長しても意味ないと思うのだが……。なぜか機嫌のいいガネーシャだった。

「なんでこの店流行《はや》ってるか分かるか?」

「なぜって……シュークリームがおいしいからじゃないですか?」

「そんだけ?」

「あとは……店員さんの接客態度がいい、とか」

「あかんわ」

「何がですか?」

「自分やっぱり全然分かってへんわ」

「はぁ……」

「なんか、もっと、こう、全体的に感じへん? 勢いっちゅうか、パワーっちゅうか」

僕は店内を見回した。確かに、他の店にはない、雰囲気やセンスの良さ、清潔感のようなものはなんとなく感じるのだけど、他の店と具体的に何が違うのかは分からなかった。

するとガネーシャがテーブルの上のプラスチックケースを指差した。そこにはオススメ商品が書かれてある。

「これ見てどう思う?」

「うーん。手書きで書かれてますね」

「そや、手書きや。けどこれただの手書きか? なんちゅうか、真心が込められてる感じせえへん? バイトが上のやつから『これ手書きで書いとけ』て言われて嫌々やってるんやのうて、お客さんにおいしいもん食べてもらおう思て書いてる感じせえへん？」

「たしかに言われてみるとかわいらしい字ですね」

「そんだけやないで。たとえばこの包み紙な、シュークリームの。普通の店のより大きないか？」

「あ、言われてみるとそうかもしれないです」

「これはやな、この店のシュークリームはカスタードがぎょうさん入ってるから、外に出てもうても手につかんようにわざわざ大きいの作ってくれてはんねや」

「へえ」

「テーブルの上だけでも、普通の店との違いがこんだけあるんやで。この店が他の店と違う理由なんて探しはじめたら一〇〇も二〇〇も見つかるわ」

「なるほど」

「この店はなんでそないなことできる思う？」

「それは……従業員への教育が行き届いているから、とかですか？」

「まあ、それもあるかもしれんけどな。でも一つ言えることはな、この店全体でお客さん喜ばせようて気持ちがあるんや。『この商品、原価安いから儲《もう》かるわ』とか『お客さん早く帰らせて回転率上げよ』なんて店側の都合はあらへん。お客さん、つまりお前や。お前を喜ばせるために、この店はめちゃめちゃ頑張ってんねや。だから、この店には魅力があるんやで。お前が『雰囲気いいなあ』て思うのも、この店全体がお前を愛してるからなんや」

僕はもう一度店内を見回した。

商品の陳列の仕方、テイクアウト用の袋のデザイン、店員の服装や接客の言葉にいたるまで、すべての工夫が僕を喜ばせるためにあるということを考えながら見ると、心が温かくなる気がした。

「お店はな、自分らが『おいしいわあ』『気持ちええわあ』て思う場所であると同時にな、優れたサービスを学ぶ場所でもあるんや。これからは、ただ店に入って飯食ったりジュース飲んだりするだけやなしに、その店がどんなことしてお客さんを喜ばせようとしてるか観察せえよ」

ガネーシャにそう言われて、確かに意味のある習慣だと思ったけど、同時に、店に入るたびにそんなことを考えていたら疲れてしまうんじゃないかとも思った。僕は別に飲食店を経営したいわけじゃないし、ご飯くらいゆっくり食べてもいいんじゃないだろうか。食事の時間は休憩時間でもあるわけだし……。

「自分はまだ分かってへんなあ」

「な、何がですか?」

「自分、アルバート・セント・ジョルジくんて知っとる? 『ビタミンCの父』て呼ばれとるんやけど」

「うーん……。レモン栽培で有名な人ですか？」

「自分に聞いたワシがアホやったわ。ジョルジくんはな、『ビタミンＣ』を最初に発見してノーベル賞もろた子や。そのジョルジくんがこんなこと言うてんねや。『発見とは、皆と同じものを見て、誰も思いつかないようなものを考えることだ』」

「へぇ……」

「ええか？　みんな飯食う時はリラックスする時間や思てる。でもな、みんなと同じような視点で同じようなこと考えとったら、みんなと同じような結果しか出せへんやろ。いや、それでもええっていうなら別に構《かめ》へんのやけど。でも、自分、成功したいんやろ。だったら、人と同じことしとる時でも、人と違う視点や発想で、世の中ながめていかんとあかんやん。さっきからワシの胸の谷間ばっかりながめてるけども」

「な……」

自分の顔が赤らんでいくのが分かった。

大きくてくりくりとした瞳に、すっと整った鼻。モデルのような小さい顔。そしてその小さい顔と反比例するかのような、たわわな胸。この日ガネーシャは男であれば誰もが振り返るような絶世の美女に変身していたのである。

本人いわく、

「この格好やと、パチンコ玉分けてもらえたり、何かと便利なんや」

ということらしいが、とにかく僕はもう家を出てからずっと緊張しっぱなしだった。

しかし、ふだんのだらしないガネーシャの内面を知っているだけに、なんともいえない複雑な気分だった。（美人の身内を持つ人ってこういう気分なんだろうか……）そんなことを考えながら、視線のやり場に困った僕は、泳ぐような目でもう一度店内を見回した。

［ガネーシャの課題］

人気店に入り、人気の理由を観察する

24

会社の近くにある、オープンしたばかりで行列のできているとんかつ屋に行ってみた。すると、従業員がまだ仕事に慣れていないのだろうか、店内が混乱していて料理が出てくるのにすごく時間がかかった。いつもの僕だったら、たぶんイライラしながら注文した料理が出てくるのを待つだけだっただろう。でも、ガネーシャの課題が頭にあったので、従業員の動きを見ながら、（お客さんが待っている間に先にオーダーを取ったり、少し工夫したりするだけでもっとスムーズに行くのにな……）、なんて考えることができた。その気になれば、良いサービスからでも悪いサービスからでも何かを学ぶことはできそうだ。

＊

最近では、多いときは一日五回くらいガネーシャからメールが届く。それらのメールには意味の分からない画像が添付されていたり、突然、携帯小説を連載する、と言い出して読者一人の携帯小説「ガネーシャの憂鬱《ゆううつ》」を書きはじめたこともあった（ちなみにこの小説は全二回で本人の手によって打ち切りとなった)。とにかくガネーシャから送られてくるメールはほぼ一〇〇パーセントふざけている内容なのだ。

だから、

たすけて

という四文字だけのメールも、どうせふざけているだけなのだろうと思っていた。前に宝くじが当たったというメールでだまされたことを思い出し、そのままほったらかしにしておいた。

部屋の鍵が開いていた時も、「ガネーシャのやつ、鍵を開けっ放しでどこに行ってるんだろう……」なんて軽く受けとめていた。しかし扉を開けると、そこは自分の家とは思えないような違和感があった。いつもはすたすたと居間に向かうのだけど、ゆっくりと靴を脱いでから、緊張した足を一歩一歩前に出していく。

そして居間に足を一歩踏み入れた瞬間、全身に鳥肌が立つのを感じた。

机の引き出しや収納の扉が開けられ中身が投げ出されている。壁紙は破られ、椅子は足が折られて無残な形で横たわっていた。

「ああ!」

僕は思わず声をあげた。壁から床にかけてべっとりと大量の血のあとが残されていたのだ。

この時やっと、僕はガネーシャのメールを思い出した。「たすけて」という四文字のメール。もしかしたらあれは冗談ではなかったのかもしれない。いや、冗談にしては度がすぎている。（と、とにかく警察に……）僕は携帯電話を取り出して、番号を押そうとした。

しかし、手を止めた。

警察に電話して、いいのだろうか？

僕は携帯電話の画面をずっと見つめていた。警察に電話をしたところで、何と言えばいいんだろう。ガネーシャのことを言ったところで信じてもらえるはずがない。

ガネーシャは言っていた。

「ワシのこと誰にも言わんといてな」

もしガネーシャの存在を誰かに教えたら、それが契約違反になると。

でも、と僕は思った。もしかしたらガネーシャは何かのトラブルに巻き込まれているかもしれない。ガネーシャは不思議な力は使えるけど、案外、力は弱い。というか、かなり弱いのだ。泥棒や暴漢たちに連れ去られている可能性もある。だとしたら、ガネーシャの安全を最優先すべきだ。僕は警察に電話することを決意した。

そして、番号を押しかけたその瞬間だった。

「うわっ！」

僕は背後に気配を感じて飛びのいた。そこにはトレンチコートを着た、刑事らしき男が一人、立っていたのである。

突然の出来事に「あ、あの……」という言葉が口からやっと出たが、男は一方的に話をはじめた。

「お前か。この部屋でゾウを飼っていたのは」

「え⁉」

「お前、ワシントン条約でゾウの飼育が禁止されていることくらい知っているだろう。ゾウをどこで手に入れた？」

頭が混乱して何と答えていいか分からなかった。

「詳しい話は署で聞くことにする」

男は僕の手をつかんで歩き出した。考えが全然整理できない僕は「ちょ、ちょっと待ってください！」と抵抗したが、男はまるで聞く気がないのか、強引に僕を部屋から連れ出そうとした。何が起きているのか分からなかったが、急に怖くなってきた僕は、とにかく男に従うことにした。しかし、こんがらがっている頭の片隅に、どうしても一つだけ聞かなければならないことを見つけた。

「あ、あの……」

「なんだ」

「この部屋にいたゾウはどうなりましたか？」

すると、しばらく黙っていた男はぽつりと、冷たい声で言った。

「死んだ」

「え……」

僕は言葉を失った。男は冷めた調子で話を続けた。

「相当暴れていたみたいだから鎮静剤を打ったのだが、ゾウの体が過剰反応したらしくてな。ついさっき死んだと言っていた。行くぞ」

そう言って男は腕に力を込めた。僕は思わず男の手を振り払った。自分でもびっくりするような強い力が出た。

「どういうことですか？」

「何がだ？」

「死んだって、どういうことなんですか！」

僕は叫んでいた。ガネーシャが死ぬはずがない。だってガネーシャは……神様なんだから、そりゃ血くらいは流すかもしれないけど、死ぬはずがない。死ぬわけがないんだ！

しかし、男は表情一つ変えずに言った。

「そういえば……」

男は何かを思い出したようだった。

「この部屋にいたゾウが、最後まで大事そうに抱えてたものがあったな」

そう言うと男はかがみこみ、自分のバッグから二〇センチ四方くらいの白い箱を取り出した。

ガネーシャが大事そうにしてたもの？

僕は男の手からその白い箱をひったくるようにして受け取り、蓋を開いた。

中から出てきたのは、まん丸の真っ白なショートケーキだった。その中央のプレートにはこう書いてあった。

「誕生日おめでとう　ガネーシャより」

え？

その瞬間。

部屋中にメルヘンな音楽が鳴り響き、赤や白、黄色、青色、オレンジ色、何色もの花びらが空中を舞いはじめた。突然のことに僕は放心状態になり、しばらくの間、音楽に聴き入り、宙を埋め尽くす花びらに見とれていた。

目の前にいた男は、いつのまにかガネーシャに変わっていた。両手にはケーキを大事そうに抱えている。

「なんや、自分の誕生日まで忘れてもうたんかいな」

僕はあわててカレンダーを見た。あ、本当だ。今日は僕の誕生日じゃないか！　毎日ガネーシャの課題のことばかり考えていたからだろうか、自分の誕生日を忘れてしまっていたようだ。

でも……どうしてガネーシャが僕の誕生日なんて知ってるんだ？

「ＴＳＵＴＡＹＡの会員になる時にな、保険証借りたんで、そん時にな」

こいつ、また勝手なことを……。

僕はガネーシャに小言の一つでも言ってやろうかと思ったが、「鼻水、鼻水」というガネーシャの迷惑そうな声でさえぎられた。ガネーシャの手からティッシュを受け取ると僕は思い切り鼻をかんだ。誕生日のお祝いと、そしてガネーシャが生きていたことと、もういろいろなことがごちゃごちゃになっていた僕は、恥ずかしながら泣いてしまっていたようだ。

「ワシこういうの好きやねんな。なんつうの？　サプライズいうの？」

変身まで使って、ちょっと度がすぎてないか？　でも、まあ……うれしかったけど。

「あ、そや！」

「な、何ですか？　急に」

「次の課題これいこか。『サプライズする』」

「ええ⁉」

「自分もサプライズやってみいや。めっちゃ楽しいで」

「でも……僕、そういうの苦手なんですよ」

「アホか。そんなもん苦手や済まされへんで。サプライズはな、人を喜ばせることってホンマ楽しいなあって一番実感できるもんなんやで」

そう言われても……。正直、サプライズなんて何をやっていいのか見当もつかない。

「別に凝《こ》ることあれへん。ちっちゃいもんでもプレゼントされたら、意外とうれしいもんやがな。言葉かてプレゼントになるんやで」

「それはそうかもしれませんけど……」

「ちょっとええ話したろか？」

「はい。お願いします」

「ロシアの小説家でツルゲーネフくんてのがおるんやけどな。ツルゲーネフくんが散歩しとったらホームレスのおっちゃんに出会《お》うたんや。そんで何か恵んでください言われて、ツルゲーネフくんも何かあげたいなあ思たんやけど、そんとき朝の散歩やったから財布を持ってなかったんや。で、しゃあないから『今は何もあげられるもんないけど頑張りや』てぎゅっと握手したんや。そしたらおっちゃんが感動して泣き出してもうて」

「へえ……」

「握手かてサプライズになるっちゅう話や。な？　ええ話やろ。な？　ええ話やんな？」

「そ、そうですね」

「あ、あとな、サプライズは仕事でも大事なことなんやで」

「え？　仕事に関係あるんですか？」

「当たり前や。たとえば、自分、お客さんが満足する瞬間てどないな時か分かるか？」

「そうですね……それは『得をした』って思う時ですか？」

「お、結構ええとこついてるがな。お客さんの一番喜ぶんはな、『期待以上だった時』やねん。お客さんいうのは『だいたいこれくらいのことしてくれんのやろな』って無意識のうちに予想してるもんやねん。で、その予想を超えたるねん。ええ意味で裏切んねん。サプライズすんねん。そうしたらそのお客さんめっちゃ喜んでまた来てくれるんやで」

　確かにそういう経験はある。たとえばトラブルがあった時に店員の対応が思った以上に親切だったりすると、そのお店に急に愛着を感じることがある。

　ガネーシャは続けた。

「今、ワシお客さん言うたけどな、自分の取引先や、上司も部下も、ある意味でお客さんなんやで。そういう人から頼まれた仕事や、期待されてることを、ほんの少しでも超える結果出してみい。そしたら自分の評価も上がって、やりたい仕事に関われるようになったり報酬が増えたりするもんやで」

「なるほど」

「よし。明日は誰かサプライズしてやりいな。何かプレゼントして驚かしてみいや」

「は、はい。少し不安ですけど……やってみます」

「今日から自分の趣味、サプライズやで。履歴書にもそう書くんやで」

「いや、それはちょっと……」

「なんでやねん。それくらいの勢いでいかんと。そんでサプライズして相手喜ばすたびに、『気持ちええなあ』って思うんやで。『自分って最高やなあ』って自分が最高って。」


まるでガネーシャみたいじゃないか、と思わず顔がほころんだ。

それから僕とガネーシャは向かい合って、テーブルの上のケーキを食べた。甘くておいしいショートケーキだった。

ただ、甘いものが大好きなはずのガネーシャが、時おり手をとめて、ぼんやりとした表情で考え事をしているのが、ちょっとだけ気になった。

［ガネーシャの課題］

プレゼントをして驚かせる

25

プレゼントをした経験がほとんどない僕は、この課題に本当に悩まされた。

まず、プレゼントを渡す相手がいない。会社の人たちを一人ひとり思い浮かべてみたが、僕はいきなり人にプレゼントするようなキャラクターじゃないし、気味悪がられるだけじゃないだろうか。考えれば考えるほど気分は沈んでいった。

それでもあきらめずに、何か方法はないかと考えていると、ふと、最近会社で風邪が流行っていたことを思い出した。そこで、駅の薬局で風邪薬を買ってから会社に行くと、案の定ゴホゴホとやっている人がいたので、ドキドキしながら「風邪薬あるけど飲む？」と聞いてみた。すると、思いのほか喜ばれた。

これは、僕にとってちょっとした発見だった。

幸せな気持ちが体中にじんわりと広がっていく感覚。こんなこと言うのはかなり恥ずかしいけれど、思い切って言ってしまえば「僕って素敵だなあ」という感じ。これがガネーシャが大事にしろって言っていた感覚なんだろう。この感覚を、もっともっと増やしていくようにとガネーシャは言っていた。そうすれば人を喜ばせることが気持ちよくなる。

嫌々じゃなく、無理をせず、自然に人を喜ばせることができるようになる。

僕は、仕事のこと、お金のこと、そして自分自身のことを少しずつ理解できるようになっていた。お金は、人を喜ばせることでもらうもの。でも、誰でもそうだけど、やりたくないことや嫌なことではなく、好きなことや楽しいことしかできない。だとしたら、人を喜ばせることが何より楽しいと思えるように自分自身を変化させていく。また、自分が好きなこと、楽しいと思えることで人を喜ばせるようにする。それが成功したり有名になったりお金持ちになったりするための、回り道のように見えるけど一番の近道なんだと、僕はガネーシャの課題を通して学びはじめていた。

「そのとおりや」

そう言ったガネーシャだったが、どことなく浮かない表情をしていた。話し声も低くて重い気がした。

「正直、自分がここまでついてこれる思えへんかったわ。ようやったで」

「ありがとうございます」

「ただ、ちょっとええかな?」

「はい?」

「もしかしたら、自分の頑張りに水を差すことになるかもわからんけど聞いてくれる?」

いつもがさつで人の気持ちなんて考えずにずけずけものを言うガネーシャがこんなこと

を言い出すものだから、僕も思わずかしこまってしまった。

「は、はい。何でしょう?」

突然の出来事だった。ガネーシャの口から思いもかけない言葉が飛び出した。

「自分、このままやと変われへん、思うねん」

「え……」

僕は言葉を失った。ガネーシャの話は続く。

「今はワシがそばについとって、次から次へと課題みたいなもん出してるから新鮮さもあってやれてるけど、でも最終的には忘れてく思うねん。元に戻ってまう思うねん」

「い、いや、そんなことはありません。僕は成長してます」

「まあな。確かに成長しとるで。そのこと考えると、このままでもええんかなあって思うんやけど」

それからガネーシャは口ごもった。何かを言いかけてまたやめる、そんなことを繰り返していた。

「やっぱ『期待』せんほうがええんかなあ」

「それは、どういうことですか?」

「いや、自分みたいなん見てると、『期待』したなってまうねん。この子やったら変われるんちゃうかなって期待してまうんや」

「期待してくださいよ。僕は変われます。現に、こうして変わってきています」

妙に力んだ声で言った。僕は悲しくなった。ガネーシャの言うとおり新しい課題に取り組んできたし、自分で言うのもなんだけど、かなり頑張った方だと思う。それなのにどうしてガネーシャはこんなことを言い出すんだろう。

「でも、結局な、期待は裏切られんねん」

「もうやめてください」

「すまんなあ」

そう言ってガネーシャは床を見つめた。そんな悲しそうな顔はしないで欲しい。せっかく僕は変われそうなのに。これでダメだって言うのなら、今までのは何だったんだ。『ガネーシャ式』だって言ってたじゃないか。今まで試したどの方法とも違うって言ってたじゃないか！

「でも、やっぱり自分には現実を教えとかんといかんなあて思うねん」

「現実って何ですか？」

「たとえば、自分、今、興奮してるやろ。今度こそ変われるって興奮してるやろ」

「はい、そうです」

「ほなら聞くけど、自分は何で興奮してんねや？」

「それは、変われると思っているからです。変われるという自信があるからです」

「どうして変われると思うんや？　根拠は？」

「それは、あなたからいろいろなこと教えてもらったからです。あなたの教えのおかげですよ」

「なるほどなあ」

そう言ってガネーシャはため息をついた。「でもな……」ガネーシャはしばらくしてから言った。

「ワシが教えてきたこと、実は、自分の本棚に入ってる本に書いてあることなんや。ワシの教えてきたことには何の目新しさもないんやで」

「え……」

「ホンマやで」

そう言ってガネーシャは、何日か前にそうしたように、僕の本棚から一冊の本を取り出した。古くから読まれている外国の本だった。「ほら、たとえばここや」ガネーシャが指差した先には、確かに僕がさきほど「理解した」ことと、ほとんど同じ内容が書かれてあった。ガネーシャは取り出してきた分厚い成功書を手に持って言った。

「自分、この本最初に読んだ時、今と同じように興奮してたんやで。変われると思って自信持っとった。なんでか分かるか？」

「それは……なぜですか？」

「それはな、本に期待してたんや。『この本なら僕を変えてくれる』そう思うとった。だから興奮してたんやな。今の自分もそれと同じなんや。自分はワシに期待しとる。『この神様なら僕を変えてくれる、どこか違う場所に連れてってくれる』てな。せやろ？」

——何も言い返すことができなかった。ガネーシャの言うことは、たぶん、正しかったからだ。僕は今まで何度も何度も変われると思ってきた。インドに向かう飛行機の中でも思っていた。僕にとってのはじめての海外旅行。インドは僕を変えてくれる。そう信じていた。僕はインドに期待してたんだ。そうやって期待してはダメで、変われると思うけど結局は変われない、それが僕だった。

「期待は感情の借金やからなあ」

ガネーシャはつぶやくように言った。

「まだ何も苦労してへんのに、成功するかもしれへんていう『高揚感』を前借りして気持ちようなってもうてんねや。でもそのうち、そんな簡単に成功でけへんいう現実にぶちあたる。そんとき『先に気分よくなってたんやから、その分返してもらいましょ』て返済をせまられて、ヘコむことになるわな。これを繰り返すことで、どんどんやる気がのうなってく」

そしてガネーシャは言った。

「そうやって、人は夢を失《な》くしていくんやで」

ガネーシャの言うとおりかもしれない。だから僕は年齢を重ねるたびに「変わりたい」というより「きっと、変われない」と思う自分になっていた。

……でも。

僕はガネーシャの言うことを素直に受け入れることはできなかった。期待して何がいけないのだろう。未来は今よりよくなるかもしれない、そういうささやかな「希望」があるから僕たちは毎日を生きていけるんじゃないだろうか。期待は希望なんじゃないか。

「せやから迷ってんねん」

ガネーシャは言った。

「自分の言うとおりや。そうやって人は生きていくねん。未来に期待して生きていくねん。期待がなくなったら、絶望してまうからなぁ」

そう言ったあとガネーシャはゆっくりと口を動かした。重い言葉だった。

「けどなぁ……期待してるかぎり、現実を変える力は持てへんのやで」

その言葉を聞いた時、僕は目の錯覚が起きているのではないかと疑った。

ガネーシャの体が薄くなり、消えかかっているように見えたのだ。

＊

この日、仕事が手につかなかった。いくら仕事に集中しようとしても、ガネーシャの言葉が頭の中で何度も何度も繰り返された。

「期待をしているかぎり、現実を変えることはできない」

確かに、僕は期待をしていた。ガネーシャと一緒にいれば、きっとガネーシャが今までとは違う場所に連れて行ってくれる。そう考えていた。

＊

仕事を早めに切り上げた僕は、コンビニでビールを買って、家の近くを流れる川の堤防に向かった。ベンチに座ってゆるやかに流れる川の向こう岸をながめながら封を切った。

そういえば最初にビールを口にしたのは中学生の時だった。親父《おやじ》がうまそうに飲んでいるのを見て味見させてもらったけど、とても苦くて、まずかった。どうして大人はこんなものを飲みたがるのだろうと、不思議に思った。

そのビールが年々うまく感じられる。

こういうのが幸せなのかなあとも思う。仕事の終わりのビールがうまい。中学生や高校生の時はそんな親父が嫌いだった。

でも、働きはじめた今になって思う。親父は毎日毎日大変な仕事を頑張っていたし、仕事終わりのビールのうまさに感じるような、小さな幸せをあつめて生きていた。それの何がまちがいだというのだろう。

正解はない。

生き方に正解なんてない。

そして僕はまたビールに口をつけた。ビールがうまい。それでいいじゃないか。そう思った。

思おうとした。

でも、なぜか、僕の体の震えはおさまらなかった。何か、それは怒りにも近いような感情で、心の奥底から突き上げるような衝動でもあった。

あの日。

やっぱり僕はビールを飲んでいた。

パーティーから帰ってきた僕は冷蔵庫を開けた。そこにある発泡酒を取り出して飲んでいた。あの日の感情。あの日のみじめで嫌な感情が僕の全身によみがえってきた。

僕は小さな声でつぶやいた。

「やっぱり、変わりたい……」

『ドラゴンクエスト』というゲームをやった日のことを、僕は今でも覚えている。僕は「勇者」だった。僕は勇者である僕に自分の名前をつけて、ドラゴンクエストの世界で敵を倒し、姫を救い出し、そしてみんなの拍手かっさいを受けてエンディングを迎えた。

でも今の僕はどうだろう。

僕は、与えられた仕事をこなし、僕じゃなくてもできる仕事をこなす。

それって、何を聞かれても何をたずねられても、

「ここはアリアハンの町です」

としか答えないドラゴンクエストの町の人じゃないか。

僕は、変わりたい。そう思った。

町の人の人生を否定する気はないし、否定することなんてできない。

成功だけが人生じゃない。それも分かっている。

でも、この今を、僕がいるこの場所を、本当は不満に思っているのに、抜け出したいと思っているのに「これでいいんだ。これが僕の人生だ」と無理やり自分に言い聞かせて過ごすような人生は、絶対にまちがっている。

僕は、まだ少し残っていたビールの缶を握りつぶして立ち上がった。

＊

「ワシ、もうあんまり時間ないんや」

ガネーシャの体が今朝よりもさらに透《す》き通って見える。

「もうそろそろ有休なくなんねん」

「有休……そういう制度があるんですか?」

「アホ。冗談や。神様は年中無休や。でも、いつまでもこうしとるわけにはいかんやろ。自分のそばにおったら、ずっと自分、変われへんからな」

そう言ってガネーシャはタバコに火をつけた。

「あの……」

今までのガネーシャとの生活にはなかったような緊張を感じながら、僕は言った。

「何か、方法はありませんか。僕が、本当に変わることのできる方法は」

「せやなあ……」

ガネーシャは手を額にあてて、うつむいた。しばらくの間ガネーシャは考えごとをしていたようだが、ふとこんなことをつぶやいた。

「変わる方法は、ないことはないで」

「本当ですか⁉」

僕は興奮して声を上げた。しかし、ガネーシャはそんな僕をたしなめながら言った。

「でも、それはな、自分が想像しとるようなものやないねん。ワシ、最初に言うたやろ。自分が期待しとるような成功の秘訣は教えられへん。そもそもそんなもん存在せえへんのや。分かるやろ?」

「はい。それを知ったからといって成功を保証してくれるような知識はないということは理解しているつもりです」

「その通りや。せやからな、ワシがこれから自分に教えるのは、特別なことでも、成功の秘訣でもない。できるだけかみくだいて分かりやすく教えるけど、決して期待すんなや」

「はい」

「もし自分が変われるとしたら、行動して、経験した時や。そん時だけやで」

「分かりました」

「ほんまに分かってるか?」

そしてガネーシャは僕の両目をのぞきこむように見て言った。

「じゃあ聞くけど」

「は、はい」

「今、この瞬間。今ワシの話を聞いてるこの瞬間、自分は、何しとる?」

「それは……」

僕は頭に浮かんだ回答を、素直に口に出した。

「あなたと話をしています。あなたの教えを聞いています」

するとガネーシャは「ちゃうな」と言って険しい表情をした。

「『座っとる』だけや」

「え……」

「自分は今、『座っとる』だけや。この意味、分かるか？　確かに自分はこうやってワシの話を聞いとる。でもな、今、自分は何かを学んで、知識を吸収して、成長しとる思てるかもしらんけど、本当はな、成長した気になっとるだけなんや。ええか？　知識を頭に入れるだけでは人間は絶対に変われへん。人間が変われるのは、『立って、何かをした時だけ』や」

「分かりました」

僕はゆっくりとうなずいた。

「今まで一日一つの課題やってきたやろ」

「はい」

「それと同じように今日から毎日一つの課題を出すで」

「はい」

「それは、自分が変わるための、最も重要な課題や」

「はい」

「まず、それを、実行に移すこと」

「はい」

「さらに、その課題をこれからの人生において実行し続けること。可能な限り毎日、自分の一部となるまで続けること」

「はい」

「ただ、ワシはその時まで一緒におられへん。さっきも言うたようにワシが自分のそばにおったら自分はワシに期待し続けるやろ。それはあかんのや」

「……」

「あといくつの課題出せるか、ワシにも分からへん。一つ一つ、これが最後や思て実行するんやで。そっからはもう自分次第や。自分が自分の現実をどうやったら変えられるかは……もう、分かるやろ?」

「はい。知ることではなく、行動して、経験することによってです」

「その通りや。自分は『教え』の本質を理解したようやな。ほんなら今日はもう休み。明日から頑張るんやで」

僕は布団に入り横になった。しかし、不安と、昂《たか》ぶる胸の鼓動でなかなか寝つくことはできなかった。

本書の使い方　～最後の課題～

これからガネーシャの「最後の課題」が出されます。ガネーシャはあなたが成長し、成功するために最も重要な課題を用意しています。

さて、それでは最後の課題に進む前に、あなたに一つ質問があります。

「あなたは、これまでの『ガネーシャの教え』を実行に移したでしょうか?」

もしかしたら、課題を実行せずに、ここまで一気に読んでしまった人もいるかもしれません。

もちろん、本の読み方は、あなたの自由です。

しかし、ここでもう一度、ガネーシャの言葉を思い出していただきたいのです。

ガネーシャは、こう言いました。

「自分の教えなど過去の成功書に書いてある」

人間の長い歴史において、どうすれば人が成功するか、そのことはもう解明されているのです。

それでも世の中にはいまだ成功法則書があふれ、それを読んだ人に「成功するのではないか」という期待を与え続けています。

しかし、そうした人たちのほとんどが成功していくことはありません。

なぜでしょう?

それは、
何もしないからです。

実行に移さないからです。

経験に向かわないからです。

もし、あなたが何かを実行に移すのなら、昨日までとは違う何かを今日行うのなら、仮にその方法がまちがっていたとしても、それは偉大な一歩です。

「人生を変える」

「夢を持って情熱的に生きる」

そんな生き方に対して冷ややかな視線を送る人が多い時代だとガネーシャは考えて

います。

でも、みんなと一緒にいる時は冷めているように装ってはいても、一人になった時は、夢を持って生きたい、夢を現実にしたい、輝いて生きたい、そう考えている人が多いこともガネーシャは知っています。

だからガネーシャは悩んでいるのです。

ガネーシャの教えにはあなたを変えるだけの力がない。

なぜなら、あなたが変わるにはあなたの決断とあなたの行動が必要だからです。

本当に必要なのはガネーシャの教えではなく、あなた自身の行動であることをガネーシャは知っています。

だからガネーシャはこう考えます。
今から出す課題を必ず実行して欲しい。
あなたの人生を本当に充実したものにするために、
ガネーシャは願っています。

［ガネーシャの願い］

最後の課題を必ず実行に移すこと

最後の課題　1

いつもより一時間ほど早起きした僕はトイレ掃除をした。そういえば、トイレ掃除をするのは久しぶりだった。

ガネーシャの言うとおりだ。自分の将来に期待をして「これで成功できるぞ！」と興奮している時は実行できるけど、自然な状態で、それが当たり前のような習慣として実行するのは本当に難しいことだ。それが実現できた時、僕は本質的に変われているのだろう。

トイレ掃除を終えて居間に向かうと、ガネーシャが坐禅をしていた。数日前、ふざけあっていたころが嘘のように、ガネーシャの周囲には神秘的なオーラがゆらめいている。

最後の課題。

ガネーシャは僕にいくつの課題を出してくれるのだろうか。

そして、それは一体どんな内容なのだろうか。

でも、僕は変わる。そのためには、ガネーシャの課題をあますところなく吸収して僕の一部にしなければならない。

「ほな、行こか」

ガネーシャはゆっくりと口を開いた。

「お願いします」

僕はガネーシャの正面に座り、耳に意識を集中させた。ガネーシャは、今までとは違う深い場所を見通しているような目で僕を見つめて言った。

「ただな、課題に入る前に、自分に確認しときたいことがあるんや。これは、今まで自分もずっと考えてきたことやろうし、今更て思うかもしれんけど、でも、やっぱり一番大事なことやから、まず、ここで確認しとかなあかんと思うんや」

「は、はい」

「自分の『やりたいこと』って何や？」

「やりたいこと、ですか」

「そや。もうこれだけは絶対に死ぬまでやらなあかん、自分はそれをやるために生まれてきたんやて心から思えること。それは何なんや？」

よく「やりたいことをやれ」ということが言われる。

成功した人たち、偉大な仕事をした人たちのほとんどが「やりたいことをやりなさい」という言葉を残している。そして、そのやりたいことを見つけて、ひたむきに頑張ることが成功するための方法だ。彼らは決まってそう言う。

だから僕は「自分のやりたいことは何か？」ということは、ガネーシャに聞かれる前から考えてきた。ずっと考えてきたのだ。でも、まだ答えは出ていなかった。

「なんや、自分、『やりたいこと』分からんのんかいな」

ガネーシャはふうとため息をついて言った。

「そうなんです。分からないんです。自分のやりたいことが何なのか、分からないんです。だから、ずっと考えてきました。でもその答えはまだ見つかっていません」

するとガネーシャは「厳しいこと言うようやけど」と険しい表情をした。

「そのままやと、自分、一生やりたいことなんて見つかれへんよ」

「え?」

突然の言葉に、僕は思わず顔を上げてガネーシャを見た。僕は戸惑いながら言った。

「で、でも、いつかは見つかると思います。見つかるはずです」

「いや、見つからへんな」

「な、何でそんなことが言い切れるんですか」

するとガネーシャは落ち着いた声で言った。

「それはな……自分がやりたいこと見つけるのに、一番ダメな方法でやっとるからや」

「一番ダメな方法……」

「そうや。やりたいこと見つけるために一番やったらあかん方法、それはな……『考える』ことや。机に向かってうんうん唸《うな》っとったり、自分のやりたいことってなんやろうて漠然と考えたりしとったら、何も分からん。分からんどころかよけい迷うことになるで」

「で、でも、考えないと分からないじゃないですか」

「それがそもそものまちがいやねん。昔のこと思い出してみい。小学生のころ、『やりたいことが見つからん』て自分、悩んどったか？　『これ、やりたいことなんかな？』なんて迷わずに、すぐにやってたやないか。そうやってじかに触ってみて、『これ楽しいわあ』『これつまらんなあ』て判断するんや。本当にやりたいことに出会ったときは、『ああ、これこれ』って全身で分かるもんなんや」

「……そうかもしれません」

「ええか？　大事なことやから繰り返し言うで。やりたいこと見つけるための方法は一つだけや。それは『体感』することや」

「体感……」

「そや。実際にやってみて、全身で感じる。それ以外の方法で『やりたいこと』なんて見つからへん。絶対見つからへんで。せやから、『やりたいことが分からない』って言うてるやつの九九パーセントは『何もやっとれへん』やつなんや」

確かにガネーシャの言うとおりかもしれない。やりたいことなんて理屈じゃない。実際に経験してみて、その経験を通して見つかるものだ。

でも、と僕は思った。

やっぱり最初は何かをはじめるためのきっかけが欲しい。そうじゃないと、一体何から手をつけていいか分からない。

「ヒントやろか」

「お願いします」

「人が行動する理由はな……まあ、ざっくり言って『憧れ』やな。ああいうふうになりたいとか、うらやましいとか、そういう憧れに向かうもんや。あと、『人に認められたい』いうんも行動の理由になるわな。女の子にホメられたいから頑張るとか、そういうのも意外とバカにならん。ここには尊敬する先輩や上司に認められたいとか、そういうもんも入るかもしれへんな。けどな、そん中でも自分らが一番やるべきなんはな……」

「はい」

「『やらずに後悔していること』や」

「やらずに後悔していること……」

「そや。あの時、あれやりたかったとか。実はあの職業になりたかったとか。けど、収入が少ないとか、時間がないとか、怖いとか、いろいろな理由つけて結局やらずじまいになってもうてることないか？　やらずに後悔してることないか？」

やらずに後悔していること。

僕は過去の記憶を探ってみた。何か、記憶の隅っこの方に、大事なものが転がっているような気がした。でもそのことを思い出すのはすごくいけないことのような気がして、僕は気分が悪くなった。

「後悔していることがあったとしたら、自分はそれやらずにそのまま死んでいくで」

「そ、そんなことはありません」

「じゃあいつやるんや？」

「いつって……分かりませんが、とにかく今は難しいんです」

「けど、今までかて難しかったんやろ。ほんなら、いつ簡単になるんかいな？　その根拠はどこにあるんかいな？　それってまた未来に期待してへんか、自分」

「……」

「今日やるんや」

「えっ？」

「そのやらずに後悔してること、今日やるんや」

「無理です」

「なんでやねん。ええか？　今日やらんと一生後悔するで。みんなそうやって死んでくんや。もし、『みんな』と『自分』に境界線引くチャンスがあるとしたら、それは『今』以外ないで」

「でも……」

「でももへったくれもあるかい。今、自分、でけへん理由ばっかり考えてるやろ。でも、みんなそうやねん。何やかんや理由つけてやらへんねん。『後悔しないように生きろ』この言葉、自分も聞いたことあるやろ。なんでこの言葉、こんなぎょうさん世の中にあふれてるか考えたことあるか？　それはやな、みんな自分の人生に後悔したまま死んでいくからや。せやから、こういう言葉が繰り返し繰り返し言われるんや。もしみんなが後悔のない人生送ってるんやったら、こんな言葉必要あらへんやろ」

ガネーシャは続けた。

「みんな知ってんねん。やりたいことやって後悔せんような人生送ったほうが幸せになれるてな。でもやらへんねん。何でや？　それは、今の自分と同じこと考えてるからや。収入。世間体《せけんてい》。将来の不安。同じやで。人を縛ってる鎖なんてみんな同じなんや」

そしてガネーシャは言った。

「今まで無理やったら、これからも無理や。

変えるならそれは『今』や。

『今』何か一歩踏み出さんと。

自分それ、やらんまま死んでくで」

後悔したまま死ぬ――。

僕は背筋が凍る思いがした。

ほとんどの人間は後悔を抱えたまま死んでいく、それが現実なのかもしれない。

でも、僕は絶対にそうなりたくないと思った。

［ガネーシャの課題］

やらずに後悔していることを今日から始める

最後の課題　2

やらずに後悔していること。

途中でやめてしまった英会話の勉強。告白したかったのに告白できなかった女の子……。

ありとあらゆる後悔を思い出してみた。

でも一番後悔しているのは――。

僕は本当は建築の仕事に就きたかった。建物の図面を見たり描いているのが好きだった。建物の想像をふくらませるだけでいつのまにか時間は過ぎていった。ガネーシャから「後悔していることって何や？」と聞かれた時も、僕はたぶん、その答えを知っていた。でも建築のことだけは考えまいとしてしまった。なぜなら、それはもう僕の中で解決したはずの問題だったからだ。

実は、建築の仕事に就けないわけではなかったのだ。

でも僕は今の仕事を選んだ。

誰も知らないようなデザイン事務所に入るよりは、名の通った企業に入ったほうがいいと思った。親も当然、今の会社を勧めた。

収入の問題もある。

もし僕が建築の仕事を選んでいたら、アルバイトに毛の生えたくらいの収入（いや、実際はもっと少なかったかもしれない）だったろう。

こう言った人もいた。

「できるだけ名前のある企業に入社した方がいい。名前が通っている会社には、それだけ優秀な人材が集まってくる。そういう人たちとつながっておくことが、社会人にとっては大事なんだ」

だから、実際のところ、僕はほとんど迷わずに、今の会社に入ることを決めた。

仕事をしながら、「僕がやりたかったのはこの仕事なのだろうか？」そんな疑問が浮かび上がってくることはあったけど、その疑問に対する答えは、充分すぎるほどあった。「収入は？」「親は？」「社会的評価は？」むしろ建築の仕事はそれらの疑問に答えることができていなかった。

でも、一番やらずに後悔していることは、やはり建築の仕事だと思う。今、自分に対して正直に思うことは、それだった。

「ブランドやな」

ガネーシャは言った。

「結局、ブランドで選んでもうたんやな。自分らが服やバッグを選ぶように、仕事もブランドで選んでしもたんや」

「でも、僕が勤めている会社より、もっと一流と呼ばれる企業はたくさんありますよ。ブランド企業が」

「そういうことやない。世間の評価を気にして選んだ時点で、それは『ブランドで選ぶ』いうことなんや。社会的な信用を得るために自分は今の会社入ったんやろ?」

「は、はい」

「ええか? 確かにブランドで選ぶことで、プライドは満たされるかもしれん。いや、人はむしろ、プライドが傷つけられることが嫌で、ブランドを選んでいくのかも分からんな。でも、それは一番大事なことを見落としとる」

「一番大事なこと……それは何ですか?」

「それはやな、『仕事』いうのは、つきつめていけば『作業』ってことなんや」

「作業……」

「サービスやら、人を喜ばせるやら、仕事に関していろんなこと言うてきたけど、結局のところ、仕事いうんは『何か作業をする』ちゅうことや」

「それは、確かにそうですけど……」

「仕事に費やす膨大《ぼうだい》な時間、それはつまり『作業に費やす時間』や。だから仕事はブランドで選ぶと不幸になるんや。その『作業に費やす時間』の喜びを犠牲にすることになるからな」

「なるほど」

「小学生の時ドッジボールやったり缶蹴りやっとって、自分がどない見られてるか、どないな評価されてるか、そんなこと考えとったか？」

「いえ、ほとんど考えてませんでした」

「せやろ。当たり前や。それは、ドッジボールいう『作業』が楽しかったからなんや。繰り返すで。仕事は作業や。せやから、自分が仕事で幸せになりたかったら、自分が一番好きな『作業』を選ばんとあかん。どんだけでも続けられる一番好きな『作業』を仕事にするんや。それが仕事の正しい選び方や」

「でも……」

ガネーシャの言ってることは正しいように思えた。そして、僕が今の職場で抱える悩みの多くは、その根本的な選択の違いが原因であるような気がした。

僕は言った。

「いい大学やいい企業に入れば、そこには一流の人がいて、そういう人と一緒にいることで自分が成長できるということはよく言われますが」

「それもまた、他人に期待しとるんちゃうかな。成長しよう思たらどこにいようが学べるし、会いたい人がおったら電話でもメールでも、手紙送ってもええやんか。だいたい、ええ大学やええ企業に入るいうことはそれだけブランドを重視しとるやつらが集まってる場所に行くわけやから、ブランド重視の価値観になっていってまうんとちゃうの？　本当に一流の人間と交流したかったら、いろんな分野の一流を知ったほうがええと思うけど」

「た、確かに」

「でも、そんなことはどうでもええんや」

ガネーシャは話を戻した。

「自分が仮に建築の仕事やってみたとして、でもその作業経験してみて『違う』て思うこともあるんやで。現実的に、そういうこともあんねんで。そっちの方がはるかに問題やろ」

「は、はい」

「でもな。それでもやってみなあかんねん。それやらんかったら、自分、一生隣の芝生は青いままやで。隣の青い芝生見ながら死んでいくんやで。それは嫌やろ?」

「嫌です」

「せやったらやってみいや。人生一回こっきりなんやから。やってみてあかんかったらまたこっちの芝生戻って来ればええがな。そん時、前みたいな企業には勤められんかったとしても、自分にとっての好きな作業を知ることが一番大切なんや」

ガネーシャの話を聞きながら、僕は頭の中で計画を立てはじめていた。計画を立て、ガネーシャの言うように、周囲に反応するのではなく、人生に対して働きかけていけば、きっと僕は自分の一番好きな作業を見つけることができるはずだ。いや、見つけられるまで僕はあきらめない。そう心に誓った。

「進むべき道は、決まったようやな」

「はい。もしかしたらこれから何年後かには変わってるかもしれませんが、今、僕が進むべき道はおぼろげながら見えてきた気がします」

ガネーシャは、ええやないの、といいながらタバコに火をつけた。

「よし、そしたら、その話、誰かにしてみいや」

「その話って、建築の仕事の話ですか？」

「そうや。仕事の話っちゅうか、まあ自分の夢やな。これからかなえていこう、いう将来の夢。それを誰かに話してみいや。ちなみにふだん、人に将来の夢とか話したりすることってあるん？」

「ほとんどないですね。一回もないかもしれません」

「なんで？」

「それは、まだ自分の夢がなんなのか分かってないというのもあると思いますが……恥ずかしいからじゃないですか？　大きいこと言って結果が出ないのって恥ずかしいですよね」

「なるほどな」

「あと、たとえば会社の先輩とかが酔った勢いで『俺の夢は……』って語り出したりするのってあまり聞いてて楽しいものじゃないですし。自分に酔ってるというか」

「まあそのとおりやな」

そしてガネーシャは言った。

「けど、なんでその先輩が語った夢は聞いてて楽しゅうないんかな?」

「それは……なんというか、自分勝手だから?」

「そやな。まあざっくり言うたら、その先輩の夢はサービスになってなかったんやな」

「そうです」

「まさにワシが言うてるのもそこなんや。確かに自分みたいに、人に夢を話すのが恥ずかしいいう感覚は大事やで。そんなこと話しても人を喜ばせられへんいうセンサーが働いとるわけやろ。でもワシはな、自分の夢を誰に話しても恥ずかしゅうない夢に育てていって欲しいねん」

「恥ずかしくない夢……」

「そうや。たとえばな、『お金持ちになりたい』ちゅうだけの夢やったら、自分のための夢に聞こえるやろ。それ人からしたら『勝手にどうぞ』ってなるやん。でもな、『お金持ちになれば、自分の周りの人、多くの人にチャンスを作ることができる。だから自分はお金持ちになりたい』そういう夢やったら、他の人が聞いてて楽しくなる夢なんちゃうかな」

「それは確かにそうですね。『いい車に乗りたい』とかより、そういう話を聞いてたいです」

「別に、嘘つく必要はないんやで。自分の夢は自分の夢や。他人に合わせる必要なんて全然あらへん。ええ車乗りたかったら、ええ車目指して頑張ればええねん。でもな、自分の夢を、もっとでっかくでっかくしてったら、最終的にはみんなを幸せにする夢になるはずなんや。自分の枠の中だけで考えるから、小っさい、身勝手な夢になってまうんよ」

もし自分の想像する夢が全部かなうとしたら、と僕は考えてみた。そのときは、自分だけじゃなくて、ともだちも家族も、それだけじゃない、もっと多くの人を幸せにするような夢を描くことができるかもしれない。でも、心が狭くなるとどうしても自分だけのことを考えてしまう。

ガネーシャは言った。

「みんなが、自分の夢を聞くのが楽しいて思えるのが理想的やねん。ぎょうさんの人が聞きたい夢いうんはな、世の中がそれを実現することを望んでるいうことやろ。そしたらその夢、かなえるのめっちゃ簡単やがな。なんせその夢はみんなが応援してくれる夢なんやから」

大義名分という言葉がある。

行動する時に、みんなが納得するようなスローガンを掲げる言葉のことだったと思うけど、ガネーシャの話はそれに近いと感じた。

みんなが応援してくれる夢、それはまさに大きな義のある夢なのではないだろうか。僕は建築の仕事がしたいと思ったけど、それはどうしてだろう？　僕は建築の仕事を通して社会をどうしたいのだろう。その答えを見つければ、多くの人に応援してもらえるような大きな夢に育てることができるかもしれない。

「自分、キング牧師くんのあの有名な演説聞いたことあるか？『アイ・ハブ・ア・ドリーム』ちゅうやつ。人種差別問題の一番でっかい夢語りや」

「昔、テレビか何かで見たことあるような気が……」

「あの演説はな、言うてる内容全然分からんくても心が震えるやろ。やっぱり人がとんでもない情熱持った時に生みだす力いうんはホンマにえらいもんやなあ。言葉の意味だけやない。情熱いうもんは、仕草や、口調や、体のすべてに乗り移って、人を動かす力になるもんなんや」

聞いた誰もが応援したくなるような夢。楽しくなるような夢。それは僕が心から実現を願う、最高の情熱を注ぐことのできる夢なのだろう。

そしてガネーシャはこんな話もしてくれた。

「アップルの創業者、スティーブ・ジョブズくんがな、アップルの社長としてマーケティングに優れた人をスカウトしようとしたんや。それでいろいろ考えた結果、そんときペプシコーラの社長やっとった、ジョン・スカリーくんを口説くことにしたんや」

「へえ」

「そんときジョブズがスカリーに言った言葉がこれや。『お前はこのまま一生砂糖水を売り続けるのか？　それとも世界を変えたいか？』。カッコええやろ。ジョブズくんは夢を語る天才やったからな」

「さすがですね」

「ま、ペプシコーラには失礼な話やけどな」

「まったくです」

「でも、自分もジョブズくんくらい言ってほしいところやけどな」

「ええ⁉　そ、そんなこと、できますか、僕に？」

「できるやろ。言葉なんて、限られた数の音の組み合わせや。そんなに難しいことやあれへん」

「マ、マジすか」

「マジや」

自信を持ってうなずくガネーシャに僕は興奮した。

そうだ、そのとおりだ。確かに、陸上競技で一〇〇メートルを一〇秒で走るのは難しいかもしれないけど、言葉は僕にも自由に扱える道具だ。僕が自分の夢に情熱を持って本気で立ち向かっていけば、人を魅了するような夢が語れるかもしれない。

［ガネーシャの課題］

サービスとして夢を語る

最後の課題　3

中学時代から付き合いのある友人と会い、僕がやりたいこと、これからやろうとしていることを話してみた。夢を人に話せば話すほど、それが現実になるような気がしてきて興奮し、情熱がかきたてられていくのを感じた。彼は一番古くからの友人ということもあってか、僕の話を快《こころよ》く、また真剣に聞いてくれた。

しかし、話しているうちに、夢を語っている自分に気持ちよくなってしまっていることに気がついた。これでは居酒屋で先輩から聞かされた自分勝手な夢の語りになってしまう。僕は目の前にいる友人と自分の夢との接点はないか必死で考えた。

「どんな家に住みたい？」

僕は、ふとそんな質問を彼にしてみた。建築の仕事に就くことができたとしたら、たとえば将来、僕が彼の住む家を手がけることができるかもしれない。そんな思いから口をついて出た質問だった。

すると、意外にも友人は勢いよく話しはじめた。彼は何年も前からマンションを購入することを考えていて、その家の間取りや、どういうインテリアにするのかをこと細かに説明してくれた。その時の彼の顔は本当にうれしそうだった。結局この日は「彼が住みたい理想の家」の話をずっと聞かされて終了することになった。

＊

「というわけで、夢を語るところを、逆に夢を語られてしまいまして……」

ガネーシャの前で正座をしながら僕は答えた。

「残り時間少ないのに、すみません」

体が薄く透き通り、消えそうになっているガネーシャは、体を揺らしてけらけら笑いながら答えた。

「相変わらず、自分、おもろいなあ」

もっと自分と遊んでたいわあ、そう言ってまた笑った。

「でもな、自分、確実に成長してるで」

「そ、そうですかね……」

「そもそも、なんでそんな質問をしたん？」

「それは、僕がやりたいことと相手との接点を見つけようとしたからです」

「せやろ。相手のために何かできへんかな思てそういう質問したんやろ」

「はい」

「それ、めっちゃ大事なことやで。自分の夢をかなえることが同時に人の夢をかなえることになれば、みんなが応援してくれるやろ。そういう夢思い描くためには、人の持ってる欲や人の持ってる夢に注目せなあかん。これからも相手の夢を引き出すような質問をどんどんしていくんやで」

「分かりました」

「人がやりたいこと、人が持っている夢、人がどうなったら幸せやと感じるのか、そのことを考え続けていけば、成功なんてすぐそこや」

人を喜ばせるとか、人にサービスするとか、人の夢をかなえるとか、言い方は違うけど、ガネーシャの言っていることは根本的には全部同じことだった。

人を幸せにする。

それはよくよく考えたら当たり前のことなんだ。たくさんの人を幸せにしているから、その分、みんなから喜ばれ、認められ、お金が支払われる。

どれだけ人を幸せにできるか、そのことにどれだけ喜びを見出《みいだ》せるか。それこそが、たった一つの成功の秘訣なのだ。

「分かってきたやないか」

ガネーシャはうれしそうにうなずいた。

「ほんなら、次の課題はこれやな。『人の成功をサポートする』。自分も今まで一回くらいはこの言葉聞いたことあるやろ。『人からして欲しいことを人にしなさい』。今の自分なら、なんとなくでもこの意味が分かるはずや。成功したいてみんな思てる。いい家に住みたい、いい車持ちたい、海外旅行行きたい、有名になってちやほやされたい、モテたい……でも、そういう欲を求めるだけでは人は成功でけへん。むしろ成功は遠のいてくことかてあるんや。その理由は分かるな？」

「はい。人を幸せにしていないからです」

「そのとおりや」

そしてガネーシャは悲しそうな目で遠くを見て言った。

「ライト兄弟て知っとるやろ？　飛行機を最初に作ったやつらや。あいつらはもう本当に機械が好きで、純粋な男でワシ大好きやったんや。最初の飛行機作った時も『乗ってきます？』いうて声かけてきてな、ライトフライヤー号乗せてもうてん。ワシ、飛行機ではしゃぎすぎて何回も落ちかけたんやで。あん時はホンマ楽しかったなあ。……でもな、その後、ライト兄弟には悲しい出来事が待ってたんや」

「何があったんですか？」

「ライト兄弟はな、飛行機の発明で特許取った後『飛行機を発明したのは自分らや』言うて、他に飛行機作ろうとしたやつらをどんどん訴えたんや。まあその気持ちは分からんこともないで。人類で初めて飛行機作ったんは自分らやっちゅう自負があるやろうし、それは確かに偉大なことや。でもなあ、ライト兄弟は結果的に、航空会社全体を敵に回して孤立してもうたんや」

「へぇ……」

「それとは対照的だったのが、グレン・カーチスくんいう子なんやけど。彼も飛行機作りには興味あったんやけど、どちらかというと、気のええやつで『頼まれたら引き受ける』タイプでな。そもそも飛行機もグラハム・ベルくんから頼まれて作りはじめたんや。あ、グラハム・ベルくんいうのは電話機作ったやつな。リンリン鳴る、あのベルの名前の由来や」

「へえ。そうだったんですね」

「でな、ライト兄弟とカーチスくんが裁判で争うことになったんやけどな、もう完全に明暗が分かれてもうて。あの自動車王のヘンリー・フォードくんがカーチスくんのためにわざわざ弁護団用意したくらい、カーチスくんはみんなから応援されとった。最終的に、ライト兄弟の作った航空会社はほとんど誰にも知られず姿を消し、カーチスくんの会社はアメリカ最大の航空会社に成長したんや。皮肉な話やけどな」

それからガネーシャはため息をついて言った。

「ライト兄弟は飛行機の発明には成功したかもしれへん。でも、その成功をもっと他の人のために使うことはでけへんかったんかなぁ。発明した飛行機で、より多くの人を、より早く、より快適に運ぶことを考えれば、つまり、人の成功を助けることに向かえば、ライト兄弟にも、もっと違《ちご》た道があったかもしれへんな」

そしてガネーシャはゆっくりと歩き出した。

「ええか？　自分が本当に成功したかったら、その一番の近道は、人の成功を助けること、つまり……」

そしてガネーシャは振り向きざまにこう言った。

「愛やん？」

ガネーシャは決まった、と言わんばかりの得意げな顔をした。

［ガネーシャの課題］

人の成功をサポートする

最後の課題　4

今までガネーシャからいくつもの課題が出されてきたけど、これほど実行する機会の多い課題ははじめてだったかもしれない。

「他人の成功をサポートする」

このことを考えながら一日をはじめたところ、すぐあることに気づかされた。

それは、すべての仕事は何かしら他人の成功をサポートしていると呼べるということだ。部長の「これ企画書にまとめといて」と依頼された仕事も、それをこなすことが部長の成功をサポートしていることだし、会社の成功を助けていると言える。

正直、これは大変な作業だった。

なぜならガネーシャが言ったことは、今までそれほど楽しいとは思えなかった仕事も含めて頑張るということだから。

しかし、同時に、僕はこうも思った。他人の成功をサポートすることが楽しいと思えるようになったら、僕は何をやってもうまくいくような気がする。

仕事でへとへとになって自宅に戻った僕をおいしそうな香りが出迎えた。

「夕食作っといたで。今日は疲れたやろ」

カレーだった。レトルトではなくて何種類かのスパイスを煮込んだ本格的カレー。ただ、ガネーシャが作ったということで僕は恐る恐るスプーンを口に入れた。

うまい！　少し辛いけど、こんなおいしいカレーを食べたのは今まではじめてだ。そのことを素直に伝えると、ガネーシャは照れながら言った。

「ま、ほら、ワシ、インド出身やし」

インド出身の関西弁の神様との別れが、すぐそこに迫っていることが悲しくて胸がしめつけられた。そんな思いをかき消すように、僕はカレーをどんどん口に運んだ。僕の皿のカレーがほとんどなくなってから、ガネーシャがカレーを食べていないことに気づいた。

「あれ？　食べないんですか？」

するとガネーシャは「いや、食べたいのはやまやまなんやけど、ワシ、ほら、スケルトンボディやし。カレーも透けてまうやろうし」と言って自分の体を見回した。

「うわ、もうこんなに消えかかってきとるんかいな」

ガネーシャの体の向こう側にあるテーブルや床がうっすらと見えてしまうくらい、透明さが増していた。

「もっと自分に教えたいことぎょうさんあってんけどな……」

ガネーシャは悲しそうな顔で言った。

「自分、変わりたい、言うてたよな」

「はい。三日坊主で終わるんじゃなくて、自分で決めたことを実行できて、いつもやる気があって充実した毎日を送っている、そんな自分になりたいです」

「けど、今まで変われんかったんやんな？　それ、なんでや思う？」

「それは……」

僕は今までガネーシャから教わったことを思い出しながら答えた。

「意識を変えようとしていたからだと思います。『今日から変わるんだ』と思って興奮しても、具体的な行動や環境を変えなければ、人は変われません」

「せやな。そやから毎日ちょっとずつ、小さい行動で自分を変えてきたんやな」

「はい」

「けど、地味やったやろ」

「正直、想像していたのとは違っていました」

「まあ本来変わるっちゅうのはそういう地味な作業の積み重ねなんやけどな。いうても時間ないし、もうそろそろ自分が『劇的に変わる方法』教えとこかな思て」

「劇的に変わる方法！」

僕はガネーシャと出会ったばかりのころを思い出した。

手っ取り早く変わる方法を教わろうとしては、たしなめられていたっけ。

でも、ガネーシャは最後の最後にすごい方法をとっておいてくれたのかもしれない！

僕は裏返りそうな声で、興奮して言った。

「教えてください。その、僕が劇的に変われるという方法を！」

「しゃあないな、教えたるか」

そしてガネーシャは含みのある笑みを浮かべて言った。ガネーシャの口から飛び出したのは意外な言葉だった。

「それはな……不幸やねん」

「ふ、不幸？」

「せや、不幸や。人間が変わるにはな、もうでっかい不幸が必要やねん。悩んだり、苦しんだり、もう死んでまおかなて思うくらいのでっかい不幸や。そういう時、人はやっと、それまでのやり方を変えんねん。人間なんてほっといたら楽な方、楽な方へ流れてまう生き物やからな」

ガネーシャの話を聞いて僕は言葉を失ってしまった。

「たとえば、今、自分がごっつい借金背負ったとするやん」

「しゃ、借金ですか？」

「せや。しかもその借金絶対返さんといかん状況やねん。そしたら自分変わるやろ、さすがに。変わらざるを得んやろ」

「でも、そんなふうに変わりたくないです」

「けどな、事実やねん。もしかしたら、どうしようもなくなるかも知れんけど、自分があきらめんかったら、絶対変われるで」

そ、それはそうかもしれないけど……。僕は何と答えていいか分からなかった。

しかしだんだんと興奮してきたガネーシャは、こんなことを言い出した。

「よっしゃ、サラ金行こ！　この近くで一番金利の高いとこ行こ！」

そしてガネーシャは僕の返事も待たず、外に向かって歩き出した。

「ちょ、ちょっと待ってください！」

「なんでやねん。変わりたいんやろ？」

「それは、変わりたいです、変わりたいですけど、でも何か違うような気がします。うまく言えないですけど、そのやり方はまちがっているような気が……」

するとガネーシャは残念そうな顔をして言った。

「さすがに騙《だま》せんかったか。消える前に、金借りさせて、その金で豪遊してトンズラしよ思たのに」

「おい！」

僕はガネーシャに飛びかかった。ガネーシャはひらりとかわす。馴《な》れた動きだ。こういうやりとりももうすぐできなくなると思うと、急に悲しくなった。

　ガネーシャは「今のは冗談や」と言って笑い、今度は真剣な顔で話しはじめた。

「まあ確かに、不幸や逆境には人を変える力はあんねんけど、でもそれを自分で作るんは、さすがに無理があるやろ」

「はい」

「けどな、ワシが言いたいのは、ホンマに人生変えよう思たら、そんくらいのインパクトが必要いうことや。つまり、『事件』やな。何か、自分の想像を超えるような『事件』が人を劇的に変えるねん」

「でも、事件なんてどうやって起こせばいいんですか？」

「まあ少なくともインド行くくらいやったら事件にはならんわな」

　そう言ってガネーシャは僕の顔をのぞきこんだ。この期《ご》に及んで憎たらしい顔だった。

「まあ事件にもいろいろあんねんけど。ま、一番効果的で劇的な変化が望めるんは……」

「それは、何ですか？」

「『誰かに才能を認められる』や」

「才能を認められる？」

「そや。誰かに才能を認められることで、自分の人生は変わる。もうこれはえらい変わるで。自信に満ちあふれるし、周囲の視線も変わる。全身からやる気がみなぎって、それこそ飯食うのも寝るのも忘れて働ける。働くことが今までよりも全然楽しくなる。人生を変える一番強力で手っ取り早い手段はこれや」

ガネーシャの話は理解できた。

人から認められれば気持ちがいいからどんどん頑張れる。そうやって自信がつけばやる気も出るだろう。

でも、才能が認められるといっても、どうすればいいか見当もつかなかった。今の職場で頑張って上司にアピールするとかそういうことなのだろうか?

「ちゃうで」

ガネーシャは、はっきりと言った。

「才能が認められる、いうことは、今まで自分でも気づけへんかったような才能が見出されるっちゅうことや。だいたい才能なんていうのは知らず知らずのうちに備わってるもんやねん。今の職場の仕事で認められてへんのなら、その仕事でどれだけ気張っても『才能が認められる』てことにはならへん。いや、何べんも言うてるように、今の職場で頑張るのは大事や。仕事の何たるかを学ぶには、目の前の仕事を精いっぱい気張らなあかん。でも人生を変えるような事件は起こせん場合がほとんどやわ」

「じゃ、じゃあ」

僕は今までになくガネーシャの話に興奮していた。ガネーシャの言うような事件を起こす方法があるとするならそれは一体何なのだろう?

「応募することや」

「応募……」

「そや。応募いうても、懸賞ハガキを出すような応募ちゃうで。自分自身を世の中にアピールすんねん。起業支援の団体に事業プランをプレゼンしてもええし、資格試験受けてもええし、もう何でもええんや。とにかく、自分の才能が他人に判断されるような状況に身を置いてみるんや。それをワシは今、応募って言葉で表してるんやけどな」

「なるほど」

「みんな怖いねんな。自分の才能がないって判断されるのが怖いねん。でもな……」

そしてガネーシャは言った。

「世の中に、どんだけぎょうさんの仕事がある思てんねん。しかも、その才能を判断する人、どんだけおる思てんねん。確かに、なかなか自分の才能は見出されんかもしれへん。けどな、それでも可能性を感じるところにどんどん応募したらええねん。そこでもし才能認められたら、人生なんてあっちゅう間に変わってまうで」

「確かに、もしそんなことが起きたらと思うと、胸が震えます」

「せやろ。でもな、それって全然、自分の人生にも起き得ることなんや。自分らの言葉で言う『奇跡』をな、起こす力が応募にはあんねんで」

そしてガネーシャはある一人の老婆の話を聞かせてくれた。

「エステル・ゴランタンちゃんていうおばあちゃんがおんねん。彼女はな、街でたまたま『イディッシュ語（ユダヤ語の一つ）を話せる老婦人求む』ちゅう映画の出演者募集のチラシ見つけてん。ゴランタンちゃんは別に演技の勉強なんてしたわけやないんやで。しかも、こん時、ゴランタンちゃん八十五歳や。いっくら老婦人言うても、かなり無理あるやろ。でも、ゴランタンちゃんは応募したんや。そしたらこれがオーディション受かってもうて。アビル映画祭で最優秀女優賞に選ばれてもうたんや。そのあとも映画のオファーが続々来た言うてたで。彼女は戦争中に収容所に入れられてた時期もあったくらい波乱万丈な人生送ってたんやけど、ホンマ何が起きるか分からんもんやろ」

そしてガネーシャは続けた。

「あのな、ワシは何も、女優や芸術家やそういう、何ちゅうか、特殊な職業だけに限って言うてるわけやないんやで。この前出した課題でもあったやろ。『求人情報を見る』あれも応募や。自分の持ってる隠れた才能の可能性を見出すために、何か世の中に働きかけることがあったとしたら、それは全部『応募』なんや。そして、それこそが自分の人生を変え得る大きな力を持ってんねんで」

この日、僕はなかなか眠りにつくことはできなかった。ガネーシャの言葉が耳の奥でずっとこだまし続けていたからだ。

「自分らの言う『奇跡』をな、起こす力が応募にはあんねんで」

［ガネーシャの課題］

応募する

最後の課題　5

建築に関する募集は、予想していたよりも、ずっとたくさんあった。都道府県が開催する建築賞やエコを重視した建築物のコンセプト設計、図面やデザインだけでなく建築の論文まで幅広く募集されていた。

また、僕のように、建築の仕事を志す人たちのための登竜門を謳《うた》ったインターネットのサイトには、建築コンペの最新募集が並んでいて、早速「お気に入り」に登録した。

でも、一番の大きな発見は、

「応募資格：このテーマに興味のある一般の方」

この表記が少なからずあったことだ。建築の募集なんて、当然、資格が必要だったり専門の学校に行っていなければダメだと思っていたのだけど、それは僕の勝手な思い込みでしかなかった。また、募集の形態も、「企画書」や「イメージ図」「スケッチ」など様々で、すぐ作業にとりかかれるものも見つかった。

ほんのささいな行動でも、動けば必ず何か見つかる。

僕は、これらの募集の中から気に入ったものを選び、早速作業にとりかかった。

しかし、作業をはじめると、ある問題が生まれた。集中しようとしても、不安が頭に浮かんできて、手が動かなくなってしまうのだ。

今さらはじめても、もう手遅れなんじゃないか？
他にやらなければならないことが山ほどあるんじゃないか？
会社の仕事は大丈夫なのだろうか？
そもそも、僕に建築の才能なんてあるのだろうか？

それでも僕は（今は前に進むだけだ）と自分に言い聞かせ、根気よく手を動かし続けた。すると、少しずつ、少しずつ不安が消えていくのを感じた。気づいた時には、何時間も作業に没頭していた。

＊

ガネーシャは、まだ僕の部屋にいてくれるだろうか？
日に日に薄く透明になっているガネーシャは、僕が家に帰るころには、跡形もなく消え去っているかもしれない。そんな不安を胸に抱きながらガネーシャの好物であるあんみつを買って帰った。玄関の扉を開けて靴を脱ぎ、いつものように居間へ向かった。すると不思議な光景が僕を出迎えた。

空中にあんみつが浮かんでいるのである。

宙に浮かんだあんみつのパックの中から、スプーンにのった白玉が一つ、ふわふわと浮かんだままゆっくりと移動していた。

「おわっ！」

驚いた僕は思わずしりもちをついた。すると同時に、

「おわっ！」

という別の声とともに、空中のあんみつの容器が床に落ちた。

「なんやねん！　急に大声出すなや！」

どこからともなく聞き慣れた声がする。

しかしどこを見ても声の主は見当たらない。

「目の前や！」

指示されるままに目の前を見た。しかし、そこにはただ何もない空間があるだけだ。これは一体どうしたことだろう。きょとんとした顔をしていると、「ああ、もう！」という、いら立った声がした。

「透けとんねや！」

「透ける？」

「もっとよう見てみんかい！」

僕は何度かまばたきして目をこらした。すると、うっすらとゾウの鼻らしきものが見える。

ガネーシャだ。

日に日に薄くなっていったガネーシャの体はついにほとんど透明になって向こう側が透けて見えているのだった。これではガネーシャがどこにいるのか分からない。

「とりあえず、これを」

僕は収納ダンスから取り出したものをガネーシャの頭にのせた。

「自分、ふざけてる？」

ガネーシャの不機嫌な声が聞こえる。

「すみません。これくらいしかないので」

僕は笑いながら答えた。

ガネーシャの頭にのせたのは、去年、会社の忘年会の余興で使ったハゲのカツラだった。

ガネーシャと付き合いだしてから、僕の性格も結構、変わってきたようだ。

僕はおどけて言った。

「でも、あと目印になるものとしたら……全身に小麦粉をまぶすとかですかね」

「アホか！　ああ、もうええ。もう何でもええわ！」

ガネーシャは怒りで体を揺らした。

というか、実際には宙に浮かんだハゲヅラが揺れていただけだった。


「で、どうやった。今回の課題やってみて」

「そうですね……」

僕は昨夜のことを思い出した。

「最初は不安でした。でも、途中からは時間が過ぎるのを忘れるくらい集中していました し、こんな毎日が続いたらどんなに楽しいだろうと思いました」

「そうか、それはよかったやん」

「はい。ありがとうございます」

「けどな、気い悪うするかもしれへんけど聞いてくれや。これ今のうちに言うとかなあかんから」

「はい」

「興奮するっちゅうのは、エネルギーや。未来に対する楽観的な期待を、エネルギーに換えとる」

「はい。昨日、作業が波に乗り出してからは、やる気のある状態が続きました」

「ほんでもな、自分の才能が誰にも認められへんかったらどうする？」

「それは……つらいです」

「せやな。でもな、その日は来るかもしれんねん。そもそんな簡単に才能を見つけられたら苦労せんわな。応募しても、認められへんことがあんねん。むしろそっちの方が多いねん。それが現実や」

「はい」

「そん時、自分どうする？　どうしたらええと思う？」

「そうですね……。それでもあきらめずに応募することですかね？　あきらめないというのがやっぱり大事だと思います」

「五〇点やな。その答えやと」

「五〇点……」

「自分、こんな言葉聞いたことないか？『成功する秘訣は成功するまであきらめないことだ』」

「はい。聞いたことはあります」

「でもな、あきらめてもええんやで。自分に向いてない分野や思たら、あきらめてもええんや」

「そ、そうなんですか?」

「あたりまえや。だって、自分がその作業に没頭しても、それを誰も喜ばんかったら、サービスになってへんから、自分、成功せえへんやん」

「確かに、そのとおりですね」

「……でもな」

ガネーシャは真剣な声で言った。

「一つだけ、絶対にあきらめたらあかんことがある」

「それは何ですか?」

「『自分』や。自分には何か才能がある、自分にしかできない仕事がある、そのことに関してはあきらめたらあかん。見つかるまでそれを探し続けなあかん。自分自身に対してはあきらめたらあかん」

「はい」

「でもな、生き方は人それぞれや。別に、仕事は生活するための手段であって、趣味の時間がたくさん欲しいて人もおる。そら自由やで」

「じゃあ……別に努力しなくてもいいんですか?」

「あたりまえやん。生き方なんて自分で選ぶもんや。自分が幸せだと感じることができれば、それでええんや。誰も努力なんて強制してへんで。そもそも、やらなあかんことなんて存在せんのや」

「そ、そうなんですか」

「せや。自分が思てるより全然、自分は自由やで。自由に生きてええんやで」

そのまましばらくの間ガネーシャは黙っていた。そして次にガネーシャの口から出たのは、今の僕に重くのしかかる言葉だった。

「でも、自分成功したいんやろ。成功したいからこうやって最後の課題に取り組んでんねやろ」

もう一度自分に問いかけてみた。

僕は本当に成功したいのだろうか？

確かにガネーシャの言う通り、生き方は自由だ。最低限の収入を得て、あとは好きなことをやって幸せそうにしている人たちも知っている。世界中を旅しながら生活している人もいるだろう。

でも、僕は成功したいと思った。

それは、たぶん、大きな夢を持って、それに向かって生きるのが、楽しいからだ。お金持ちになったり、有名になったり、自分にしかできない大きな仕事ができたらって想像すると、やっぱりワクワクするし、おおお！　って興奮するし、できることならずっとそんなことを考えて生きてたい。そして可能であればそれを現実にしてみたい。実現してしまったら、もしかしたらどうでもよくなるかもしれないけど、それでも、一度はそんな状態を味わってみたい。せっかく生まれてきたんだから、他の人はどうか知らないけど、僕は精いっぱい、自分の可能性を確かめてみたい。

「成功したいです」

僕は自分の言葉ではっきりとガネーシャに宣言した。

宙に浮かんだハゲヅラがゆっくりとうなずいた。

「それじゃ、これがホンマの最後になるけど、行こか」

僕の体がびくっと反応した。これから出される課題をクリアしたら……もうガネーシャには会えなくなる。何を口にしていいか分からず言葉を探していると、ガネーシャの声が聞こえてきた。

「ぼちぼち限界やねん」

ガネーシャに聞きたいことや教えてもらいたいことはまだまだたくさんあったけど、僕はぐっとこらえて「よろしくお願いします」とだけ口にして頭を下げた。

「何やと思う?」

「はい?」

「最後の課題、何やと思う?」

「うーん……」

正直、まったく予想がつかなかった。ガネーシャのことだからとんでもないことを言い出しそうでもあるし、拍子抜けするくらい当たり前のことを言うかもしれない。僕はこの時、夢や目標に最終期限をつけるだとか、そういうことではないかと思った。しかしガネーシャの答えはまったく違うものだった。


「そもそもなんで自分は変わりたいて思たんやったっけ?」

僕が変わりたいと思った理由。遠い昔のことのような気がする。

僕は先輩に呼ばれてパーティーに行った。そして、その場所にいる人たちと自分との違いにがく然として、変わりたいと思ったんだ。

「つまり、今の自分が『持っていない』何かを手に入れたいと思ったんやな」

「そうです。今の僕は、お金もないし、社会的地位があるわけでもないし、何も持ってません。誰もが認めて、賞賛してくれるようなものを手に入れることができれば僕はみじめな思いをしなくていい。素晴らしい人生が待っていると思いました」

「なるほどな」

ガネーシャは、ゆっくりと口を開きつぶやくように言った。

「つまり、自分は『足りない』と思てるんや。今自分の持ってるもんでは『足りない』

と」

「はい。そうだと思います」

ガネーシャは何も答えなかった。考え事をしているようだった。何か、難しいことを分かりやすくまとめてくれているのかもしれない。

しばらく経ってから、ガネーシャはおもむろに口を開いた。

「自分、腹減っとるか?」

「そうですね……まだ夕食を食べていないのでお腹はすいてますね」

「つまり、今、自分には『飯を食べたい』ちゅう欲が生まれてるわけやな?」

「そのとおりです」

「それは、言い方を換えれば『食べ物が足りない』状態でもあるわな。想像してみい。今、自分の胃の中はカラッポなわけや。そこに入れるモノがない、『足りない』状態や」

「はい」

「そこでや……」

そしてガネーシャは台所へ行き、鍋を持ってきてテーブルの上に置いた。

「そんで、今から自分の『足りない』を満たしてみよか。ちょっと食べてみいや」

「あの……カレーはもう」

「つべこべ言うなや」

ガネーシャは明らかにカレーを作りすぎていた。僕はもう家で三食カレーを食べ続けているのだ。しかしガネーシャの声は、何がなんでもカレーを食べさせるという決意に満ちており、僕は泣く泣くカレーを口にした。

意外にも、じっくり煮込まれたカレーはまろやかな感じがしてコクも出ており、お腹がすいていたこともあっておいしく感じられた。

「どや?」

「おいしいです」

「なるほどな。となると、今、自分の『足りない』いう状態は満たされたわけや。これは自分のカラッポになった胃にカレーが入ったいうことや。ようするに、自分はカレーと一体化したわけやな」

「はい」

「つまり、満たされる、というのは、『一緒になる』ということなんや。たとえば、人から愛されていると感じる時。人を愛していると感じる時。自分の幸せ以上に相手の幸せを思う時。自分よりも大事なものができた時。それは全部、『あなたと私は一緒です』ということを表してんねや。一番分かりやすいのは恋愛やな。男と女がお互い足りない部分を補完して一体化するわけやからな。これもまた、今、自分がカレーを食べたのと一緒なんやで。足りないものが埋められて一つになる。一つだけでは満たされないものが、何かと一緒になることで満たされる。分かるか？」

「は、はい。なんとなく分かります」

「つまり、『大きな欲を持ってる』いうんは『大きく欠けてる』いうことや。『足りない』と感じている部分が大きい、いうことやな。そやから、たとえばでっかくて豪勢な家を手に入れることで満たされるいうんは、その家が入る分だけ、自分の中にはぽっかりと欠けてる部分があるっちゅうことや。それだけ『足りてない』ってことなんや」

「そのとおりです」

「けどな。ここからが大事やから、ちゃんと聞いとくんやで」

「はい」

「そういうふうに『足りない、足りない』て思えば思うほど、家もお金も、自分から逃げていくんや。皮肉なことやろ」

「それは……どうしてですか？」

「ええか？　話をカレーに戻すで。自分は腹が減った。カレーを食べたい。カレーと一緒になりたい、そう思うわな。でも、カレーを手に入れるには何が必要や？」

「お金ですね」

「そや、お金や。で、そのお金はどないしたら手に入るんやった？」

「人を喜ばせることです」

「そやろ。人を喜ばせることでお金が手に入る。そのお金でカレーを買うことができるんや。けど、自分ごっつ腹減ってんねやで。腹減ってんのに、人喜ばせることなんてできるか？　そんな余裕ないやろ」

「はい。お腹がすいていたらイライラするし、難しいと思います」

「せやろ。でもな」

そして、ガネーシャは言った。

「自分が『足りない、足りない』て思てる状態ちゅうのは、まさに、その腹が減ってる状態と同じなんやで」

「な、なるほど」

「そやからこそ、足りない、足りないて思えば思うほど、足りない状態から逃れることはでけへんのや。欲しがれば欲しがるほど、欲しいもんは逃げていくんや。自分が満たされてへんと、人を喜ばせることはでけへん。人に与えることがでけへんのや」

「はい。分かります。満たされてはじめて人を喜ばせたり、人のことを考える余裕が生まれると思います」

そう言って僕はうなずいた。しかし、うなずきつつも、ある一つの疑問が頭に浮かんだ。それは、僕がガネーシャと出会ったきっかけにさかのぼる、根本的な『問い』でもあった。

僕はその疑問をガネーシャにぶつけた。

「でも……どうすればいいんですか？　現に僕はいま、満たされてない。足りてない。そう感じたからこそ、あなたとこうして過ごしてきました。そもそも、足りてないと思ったからこそ、あなたの課題を頑張ってクリアしてきたんです。成功したいから、努力してきたんです。でも、その考え方がむしろ僕の成功を遠ざけているとあなたは言う。僕は……どうすればいいんですか？」

「それはやな……」

ガネーシャは言った。

「『おおきに』や」

「おおきに……ですか？」

「そや。『おおきに』て感謝することや」

そしてガネーシャはゆっくりとていねいに言葉をつなげた。

「自分も一度は言われたことあるやろ。子どものころ、親から、先生から、感謝しなさい、感謝しなさいいて教えられたやろ。そのたんびに、反発したと思うんや。なんで感謝なんかせなあかんのや。みんな自分の欲に従うて、自分のために生きとる。わざわざ感謝する必要なんてあるんか。そう思たやろ。それは悪いことやない。自然なことや。ワシ、前に言うたやろ。人は自分勝手や。エゴイストとして生まれるんや。せやから、そういう教えに反発するのも自然なことなんやで。でも、自分が本当に満たされたい、豊かになりたい、欲しいものを手に入れたい、ずっとずっとそうしていきたい思たら、変わらなあかん。ええか？　自分の中に足りないと感じてることがあって、そこを何かで埋めようとするんやのうて、自分は充分に満たされている、自分は幸せやから、他人の中に足りないもんを見つけ、そこに愛を注いでやる。この状態になってこそ、自分が欲しいと思てた、お金や名声、それらのすべてが自然な形で手に入るんや。だってそやろ？　自分らは、お金も、名声も、地位も、名誉も、自分で手に入れる思てるかも分からんけど、ちゃうで。むしろ逆やで。お金は他人がお前にくれるもんやろ。名声は、他人がお前を認めたからくれるもんやろ。全部、他人がお前に与えてくれるもんなんや」

それは、ガネーシャの口から発せられている言葉なのだろうか。部屋全体から聞こえてくるような声だった。あふれ出てくる言葉が僕を包みこんだ。

蛇口ひねったら当たり前のように水が出て、
ボタン押すだけで当たり前のように部屋が明るくなって、
どれだけ離れとっても、電話ひとつで当たり前のように話ができる、
そんな世の中は自分らにとって当たり前やろうけど、でもな、そんな当たり前手に入れるために、エジソンもカーネギーもフォードもベルもシャネルも幸ちゃんも宗ちゃんも、昔の人ら、みんな頑張ってきたんやで。

今自分が座ってる椅子も、目の前にある机も、手にしてる紙も、天井にある電球も、当たり前のようにそこにあるけど、全部自分を幸せにするために存在してくれとるんやで。身の回りにあるモノ、ともだちや、恋人、親、日々出会う人、動物、空気や水、緑、それもこれも全部、自分が生きるために存在してくれてるもんや。当たり前のようにそこにあるけど、ほんまは有難《ありがた》いものなんや。

朝起きた時でも、寝る前でも、いつでもええ。

親にでも、ともだちにでも、動物や植物にでも、モノにでもええ。

世界をかたちづくっている何にでもええから、感謝するんや。

足りてない自分の心を「ありがとう」て言葉で満たすんや。

ありがとう、ありがとう、みんなのおかげで私は満たされています。幸せです。

そうやって感謝するんやで。

もし、ガネーシャが、僕と出会ったばかりの時にこの話をしていたら、僕は単なるきれいごとや、うさん臭いだけの説教だと思って耳を貸すことはしなかっただろう。

でも、今の僕には、ガネーシャの言う「感謝」の意味が、少しずつ理解できた。

［ガネーシャの課題］

毎日、感謝する

別れ

「もうそろそろやわ」

ガネーシャの体はすでに僕の目には映らなくなっており、物質としてのガネーシャは消失しかかっているようだった。

「やっぱり……行かなきゃならないんですか？」

僕は、弱々しい声でつぶやくように言った
ガネーシャの、悲しげな声が聞こえてくる。

「せやな」

しばらくしてまたガネーシャの声がした。

「ワシ、神様やし」

「あ、あの……」

別れ際に言うべきかどうか迷ったけど、言葉が見つからなかった僕はついこんなことを言った。

「タバコ、やめた方がいいと思いますよ」

「なんでやねん」

「やっぱり、神様だし」

「せやなあ。そういうイメージやもんなあ」

ガネーシャは「やめてみよかなぁ、タバコ」と投げやりに言うと、ふと思い出したように言った。

「フロイトくんとも何回か禁煙にトライしたんやけどな。無理やったな」

ガネーシャのこういう話も、結局嘘か本当か分からなかったな。まあでも……その点に関してはそっとしておくことにしよう。

それからまた僕たちの間には沈黙が続いた。長い沈黙だった。

「あ、あの……」

「なんや」

「何かないですかね?」

「何がやねん」

「まだ教えてもらってないこと」

「そんなもんぎょうさんあるで。むしろ教えてないことの方が多いんちゃうかな」

「そ、そうなんですか?」

「当たり前やん。ワシ、誰や思てんねん。ガネーシャやで」

「あ、あの……」

「なんや」

「それを教えていただくことはできませんか？　これからも、僕、頑張りますから。頑張って課題やりますし。それに、目玉焼きにはベーコンを必ずつけますから」

「ホンマか⁉」

「は、はい！」

「……てアホか。そやから何べんも言うてるやろ。いつか行かなあかんねん。ずっと自分のそばにおることはでけへんねん。そばにおったら自分で考えて経験することやめてまうやろ。ワシがそれを奪うんは一番やったらあかんことやねん」

「そうですか……」

　僕は言葉を失った。でも何か話さないと、このままガネーシャがどこかへ行ってしまいそうだったから、必死に何か言葉を探した。

「あ、あの……」

「なんや？」

「最後に一つだけいいですか？」

「なんやねん。ワシ時間ないんやから、早よせえ」

　このことを口にするのはためらわれたが、僕は思い切ってたずねた。

「あの……どうして僕だったんですか？　どうしてあなたは僕の前に現れたんですか？」

すると、宙に浮いたハゲヅラが微《かす》かに震え、くくっくくっという笑い声がもれてきた。

「まあそうやな。基本的にこういうことしたらあかんのやけど」

そしてガネーシャは僕の目の前に現れた、あの日のことを話してくれた。

「自分、泣いてたやろ。ワシに向かってしゃべくりながら泣いてたやろ。あん時自分は『変わりたい』とか『成功したい』とか、そういうことばっか言うてたからな。ワシも『うるさいガキやなーとっとと寝んかい』思てたんや。そしたら自分、ホンマにそのままうつぶせになって寝てまいよって。そしてワシも『やっと静かになったわ』思て。で、そのままやったら何もこんな面倒なことして自分の前に姿現さんかったやろな。でもな、自分な。くくっ……」

そしてガネーシャは何かを思い出しながら笑っていた。

「自分、屁こいたんや」

「え!?」

僕は顔が熱くなるのを感じた。

「自分、屁こいたんやで」

「二回も言わないでくださいよ」

「ちなみに、自分は二回屁をこいたで。小っさいのと大っきいの」

「いいじゃないですか、オナラくらい！」

ガネーシャは笑いながら言った。

「いや、ええんやけど。そん時の自分の屁がもう何ていうか、拍子抜けするくらい間抜けな『プス～』いう音で、それ聞いてワシげらげら笑ってもうて。さっきまで『成功したい！』『金持ちになりたい！』て叫んどったのに、数秒後にはプス～て。もう爆笑やったわ。あんまり笑えたから、ちょっと一緒に遊びたなってもうて」

そ、そんな理由で……。

僕は頭が真っ白になるくらいの衝撃を受けた。まさか、僕のオナラがガネーシャを呼びよせたなんて夢にも思わなかった。

知らなければよかった……。

僕が沈んだ表情でうなだれているとガネーシャが声をかけてきた。

「ちゃうねん、ちゃうねん」

「……何が違うんですか」

「いやな、ワシ、自分のこと見とったらなんやら急に人間が恋しゅうなってもうてん。ほら、歴史に名前残すやつとか、とんでもない発明するやつな、まあそいつらと一緒におるんもそれなりに楽しいんやけど、でもなぁ……」

そう言いかけて、ガネーシャは「だって、『プス～』いうてたもんなあ」と言ってまたゲラゲラと笑い出した。その笑い声を僕は複雑な気分で聞いていた。

「無理すんなや」

ふいに、ガネーシャの声が飛んできた。

「自分が『成功したい』『変わりたい』て言うから、いろいろ教えたったけど、でも、あんま無理すんなや」

「そ、そうなんですか？」

「そうや。夢追いたかったら追ったらええ。女の尻追いたかったら追ったらええ。何したってええんやで。成功目指して気張る自分もええけど、ビール飲んでほっぺた赤くして絡んでくる自分も、好きやったで。企画書や建築の図面作りに気張る自分もカッコよかったけど、一緒にゲームやってた時も楽しかったで。だいたいワシはじめてやで、人間とゲームしたの。歴史的に見たらそっちの方が大事件やし」

「ははは……」

「成功しても、成功せんでも、気張って目標に向かって努力しても、つい誘惑に負けて寝てしもても、ワシ、自分のこと好きやで。自分、覚えてるか？　会社から白玉あんみつ持って帰って来てくれた時あったやん？　あん時ワシ、やばかったもん。泣いてまうかと思ったもん。泣いてまうギリギリまで来とったもん」

僕の記憶が正しければ、あの時ガネーシャは目を真っ赤にして泣いていたはずだけど。

そんなことを思い出し、懐《なつ》かしんでいると、いつのまにか部屋はキラキラとまばゆいばかりの光に照らされていた。あまりのまぶしさに目を閉じると、光の中から、ガネーシャの言葉が聞こえてきた。

「成功だけが人生やないし、理想の自分あきらめてまうんも人生やない。ぎょうさん笑うて、バカみたいに泣いて、死ぬほど幸福な日も、笑えるくらい不幸な日も、世界を閉じたくなるようなつらい日も、涙が出るような美しい景色も、全部全部、自分らが味わえるために、この世界創ったんやからな」

そして、ガネーシャは言った。

「世界を楽しんでや。心ゆくまで」

ふわり、ふわりと揺れながら、ハゲヅラがゆっくりと床に落ちた。

エピローグ

「いいかげんな神様だったなあ……」

誰もいなくなった部屋でぽつりとつぶやいた。いつもは狭く感じていた六畳の部屋が、今はすごく広く感じる。

僕はゆっくりとかみしめるように、ガネーシャから学んだことを思い出していた。

ガネーシャから学んだことの中でも、僕が特に気に入っている教えは、人は楽しいことしかできない、ということ。

自分に厳しい人、限界を超えて頑張る人というのはその人に特別な意志の強さがあるのだと思ってた。でも、頑張ることが楽しいと感じられるようになれば、誰もが夢や目標に向かって努力することができる（いや、その時には目の前の作業を「努力」とは感じていないのかもしれない）。成功している人だけが特別じゃない。僕らは誰だって、あの人たちのように夢を追うことができるんだ。

そして、もう一つ。

今までは、人を愛するなんてきれいごとで気持ち悪いと思ってた。でも、それは、僕自身が成功したり幸せになったりするために一番シンプルで、一番大事なことだと分かった。

そして……。

いや、もうよそう。あとは僕が経験して、身をもって学んでいくべきことなんだ。

それがガネーシャの教えだった。


でも、これだけは言っておきたい。

ガネーシャが僕の前を去った今だからこそ、気づいたことがある。

それは、ガネーシャと過ごした日々が本当に楽しかった、ということ。

いつからか、ガネーシャが次にどんな課題を出してくるのだろうと心待ちにしている僕がいた。小学校のとき学校から出された宿題は、やるのが嫌でいつも気分が落ち込んだけど、ガネーシャから出される宿題はすごく楽しかった。それは、本当に僕のためになる課題だったからだと思う。

ガネーシャと出会ってから、成長しようとすることはすごく楽しい作業の一つなんだと思えるようになった。「成長する」という言葉を聞くと、肩ひじを張って、つい力んでしまうけど、本当は、もっと簡単で手軽に楽しみながらやるものなんだ。今になって思うと、もしかしたらガネーシャはそのことを僕に気づかせてくれるために、あんな悪ふざけをしたり、バカなことを言っていたのかもしれない。

……考えすぎか。ガネーシャがいなくなって感傷的になっているからそんなふうに思うのだろう、きっと。

「タバコもやめられない、ダイエットなんかする気もない、ぐうたらでダメで自分勝手でサイテーな神様だったよな、あいつは」

そうつぶやいて、僕は鼻をかんだ。鼻水と涙が止まらない。

*

それからの僕の生活と言えば、会社に通いながら、建築の仕事に向けて勉強を進めている。まずは二級建築士の資格からだ。会社に行きながら資格試験の勉強をするのは、正直、楽じゃない。突然不安がやってきて僕を動けなくする日もある。でも、そういう時、僕はガネーシャの言葉を思い出しながら、ゆっくりと前に進んでいる。

会社の仕事は今まで以上に頑張れていると思う。教えてくれるのはガネーシャだけじゃない。その気になれば、今の会社からも学べることは本当に多い。いや、会社だけじゃなく、何気なく入ったお店からも、街で見かけた人からも、ふと手に取った本からも、僕たちは学び、楽しく成長することができる。そうやって僕は、充実した日々を送っているのだけど。

この事実だけは告白しておかなければならないだろう。

今でも、家の冷蔵庫を開けると、そこはもう、びっしりと、あんみつで埋め尽くされている。

ガネーシャがいつ戻ってきてもいいように。

それから時は経ち、とある場所で……

「自分、ナメてんの？　神様ナメてんの？」

「い、いや、決してそういうわけでは……」

「いや、ナメてるやろ。確実にナメてるやろ。……そもそも、これ、何？」

「これは……その、ナタデココですが」

「ナタデココて。今日び、神様にナタデココて。いや、ワシも最初は思たよ、このガネーシャを試してきとるんかなて。もしそうやとしたら、結構骨のあるやつやんっちゅうことで敬意を表して今まで黙って見てたんやけど……あのな、これ最終確認なんやけど、このガネーシャの教えを請うために、自分の用意したお供え物が、ナタデココ一つなんやな？」

「す、すみません」

「ああ、もう！　これやから最近の子はあかんのや！　ええか？　ワシに言わしたらな、このナタデココを供えるというメンタリティに自分の成功でけへん理由のすべてが詰まってるんやで！」

「はぁ……」

「『はぁ』てなんや！　『はぁ』て！　……しかし、その点ではあの子なんて最高やったなあ。あの子、完全にワシのツボおさえとったもんなあ。あ、そうや！　ちなみに、あの子もワシが育てたんやで。自分も名前くらいは聞いたことあるやろ。最近、建築界で話題の――」

ガネーシャ名言集

「ええか？　自分が会社行く時も、営業で外回りする時も、カラオケ行ってバカ騒ぎしてる時も、靴はずっと気張って支えてくれとんのや。そういう自分支えてくれてるもん大事にできんやつが成功するか、アホ！」(P．30)

靴をみがく

「偉大な仕事する人間はな、マジで世の中よくしたいて純粋に思て生きてんねんで。せやからその分、でっかいお金、流れ込んでくんねん。お金だけやない。人から愛されたり、幸せで満たされたり、もういっぱいええもんが流れてくんねん」(P．41)

コンビニでお釣りを募金する

「ま、腹八分はささいなことに見えるかも分からんけど、これ、今日からずっとやってみ。食べたいと思ても腹八分で必ずおさえるんや。そうやって自分で自分をコントロールすることが楽しめるようになったら、生活変わってくるで」(P．47)

食事を腹八分におさえる

「つまり、こういうことが言えるわな。『ビジネスの得意なやつは、人の欲を満たすことが得意なやつ』てな。人にはどんな欲があって、何を望んでいるか、そのことが見抜けるやつ、世の中の人たちが何を求めているかが分かるやつは、事業始めてもうまくいく。上司の欲が分かっているやつはそれだけ早く出世する」（P．55）

人が欲しがっているものを先取りする

「笑わせる、いうんは、『空気を作る』ちゅうことなんや。場の空気が沈んでたり暗かったりしても、その空気を変えられるだけの力が笑いにはあるんや。ええ空気の中で仕事したら、ええアイデアかて生まれるし、やる気も出てくる。人に対して優しゅうなれるし、自分のええ面が引き出される。それくらい空気いうのんは大事やし、笑いって大事なんやで」（P．64）

会った人を笑わせる

「トイレを掃除する、ちゅうことはやな、一番汚いところを掃除するちゅうことや。そんなもん誰かて、やりたないやろ。けどな、人がやりたがらんことやるからこそ、一番喜ばれるんや。一番人に頼みたいことやから、そこに価値が生まれるんや」（P．76）

トイレ掃除をする

「会社終わったら自由やから遊んでええちゅうわけやないんやで。むしろ逆やで。会社が終わったあとの自由な時間ちゅうのはな、自分がこれから成功していくために『自由に使える一番貴重な時間』なんや」（P．86）

まっすぐ帰宅する

「これからはな、毎日寝る前に、自分がその日頑張れたこと思い出して『ようやったわ』てホメや。そうやってな、頑張ったり成長したりすることが『楽しい』ことなんや、て自分に教えたるんや」（P．102）

その日頑張れた自分をホメる

「(時間が) ぱんぱんに入った器から何かを外に出すんや。そしたら空いた場所に新しい何かが入ってくる。それは、勝手に入ってくるもんなんや。たとえば、自分の周りで会社辞めたやつも、意外としぶとう生きてるやろ。それは、会社辞めることで空いた器に何か新しい仕事が入ってきとるからやねん」(P. 107)

一日何かをやめてみる

「本気で変わろ思たら、意識を変えようとしたらあかん。意識やのうて『具体的な何か』を変えなあかん。具体的な、何かをな」(P. 116)

決めたことを続けるための環境を作る

「意識や内面を変えることは難しゅうおます。そやけど外見は変えられるんです」(P. 124)

毎朝、全身鏡を見て身なりを整える

「自分の仕事が価値を生んでるかを決めるのはお客さん、つまり自分以外の誰かなんやで」（P．127）

自分が一番得意なことを人に聞く

「この世界に闇がなければ光も存在せんように、短所と長所も自分の持ってる同じ性質の裏と表になっとるもんやで。たとえば、ひとりの作業が好きなやつは、人と会うと疲れやすかったり、逆に人と会うのが好きなやつは、ひとりの作業に深く集中することがでけへんかったりするもんや」（P．131）

自分の苦手なことを人に聞く

「誰に言われるでもなく、勝手に想像してワクワクしてまうようなんが夢やねん。考えはじめたら楽しゅうて止まらんようになるんが夢やねん」（P．140）

夢を楽しく想像する

「自分にとってうれしゅうないことが起きても、まず嘘でもええから『運が良い』て思うんや。口に出して言うくらいの勢いがあってもええで。そしたら脳みそが勝手に運がええこと探しはじめる。自分に起きた出来事から何かを学ぼうと考え出すんや。そうやって自然の法則を学んでいくんや」（P．148）

運が良いと口に出して言う

「どんな小さいことでも、安いもんでも、とりあえず何でもええから、ただでもらってみい。それ意識してたら自分のコミュニケーション変わってくるで。言い方とか仕草一つとっても気い遣うようになるで」（P．157）

ただでもらう

「一流の人間はどんな状況でも常に結果出すから一流なんや。常に結果出すにはな、普通に考えられてるよりずっと綿密な準備がいるねん。ええか？　ワシは明日の富士急ハイランドのスケジューリングを通してそのことを自分に教えたってんねや」（P．166）

明日の準備をする

「人間ちゅうのは不思議な生き物でな。自分にとってどうでもええ人には気い遣いよるくせに、一番お世話になった人や一番自分を好きでいてくれる人、つまり、自分にとって一番大事な人を一番ぞんざいに扱うんや。たとえば……親や」（P．181）

身近にいる一番大事な人を喜ばせる

「成功したいんやったら絶対誰かの助けもらわんと無理やねん。そのこと分かってたら、人のええところ見つけてホメるなんちゅうのは、もう、なんや、大事とかそういうレベル通りこして、呼吸や。呼吸レベルでやれや！　二酸化炭素吐くのと同じくらいナチュラルにホメ言葉言えや！」（P．194）

誰か一人のいいところを見つけてホメる

「ええか、こう考えてみい。マネするんはな、お客さんを喜ばせるためなんや。人を喜ばせるという目的に照準が合《お》うてたら、人のマネすることに恥ずかしさなんか感じひんのや。いや、好き勝手パクってええってことやないで。たとえば同業者のやってることマネさせてもらうんやったら、それなりに筋通さなあかんこともあるやろ。でもな、早《はよ》う成長して、早う技術覚えて、もっと多くの人をもっと喜ばせたいいう思い、それが何より大事なんや」（P．202）

人の長所を盗む

「自分の『これや！』て思える仕事見つけるまで、もう他のもんかなぐり捨ててでも、探し続けなあかんねん。収入が不安定とか、親や恋人が反対するとか、そんな悠長《ゆうちょう》なこと言ってる場合ちゃうで。仕事まちがえたら、それこそ一生を棒に振ることになるんやで」（P．213）

求人情報を見る

「ええか？　成功したいて心から思とるやつはな、何でもやってみんねん。少しでも可能性があることやったら何でも実行してみんねん。つまりやな、『バカバカしい』とか『意味がない』とか言うてやらずじまいなやつらは、結局そこまでして成功したくないっちゅうことやねん」（P．221）

お参りに行く

「お店はな、自分らが『おいしいわあ』『気持ちええわあ』て思う場所であると同時にな、優れたサービスを学ぶ場所でもあるんや。これからは、ただ店に入って飯食ったりジュース飲んだりするだけやなしに、その店がどんなことしてお客さんを喜ばせようとしてるか観察せえよ」（P．２３０）

人気店に入り、人気の理由を観察する

「お客さんの一番喜ぶんはな、『期待以上だった時』やねん。お客さんいうのは『だいたいこれくらいのことしてくれんのやろな』って無意識のうちに予想してるもんやねん。で、その予想を超えたるねん。ええ意味で裏切んねん。サプライズすんねん。そうしたらそのお客さんめっちゃ喜んでまた来てくれるんやで」（P．２４１）

プレゼントをして驚かせる

「みんな知ってんねん。やりたいことやって後悔せんような人生送ったほうが幸せになれ

るてな。でもやらへんねん。何でや？　それは、今の自分と同じこと考えてるからや。収入。世間体《せけんてい》。不安。同じやで。人を縛ってる鎖なんてみんな同じなんや」（P．268）

やらずに後悔していることを今日から始める

「ぎょうさんの人が聞きたい夢いうんはな、世の中がそれを実現することを望んでるいうことやろ。そしたらその夢、かなえるのめっちゃ簡単やがな。なんせその夢はみんなが応援してくれる夢なんやから」（P．277）

サービスとして夢を語る

「ええか？　自分が本当に成功したかったら、その一番の近道は、人の成功を助けること、つまり……愛やん？」（P．286）

人の成功をサポートする

「世の中に、どんだけぎょうさんの仕事がある思てんねん。しかも、その才能を判断する人、どんだけおる思てんねん。確かに、なかなか自分の才能は見出されんかもしれへん。けどな、それでも可能性を感じるところにどんどん応募したらええねん。そこでもし才能認められたら、人生なんてあっちゅう間に変わってまうで」（P．294）

応募する

「自分の中に足りないと感じてることがあって、そこを何かで埋めようとするんやのうて、自分は充分に満たされている、自分は幸せやから、他人の中に足りないもんを見つけ、そこに愛を注いでやる。この状態になってこそ、自分が欲しいと思てた、お金や名声、それらのすべてが自然な形で手に入るんや。だってそやろ？　自分らは、お金も、名声も、地位も、名誉も、自分で手に入れる思てるかも分からんけど、ちゃうで。むしろ逆やで。お金は他人がお前にくれるもんやろ。名声は、他人がお前を認めたからくれるもんやろ。全部、他人がお前に与えてくれるもんなんや」（P．312）

毎日、感謝する

偉人索引

アイザック・ニュートン　Newton Sir Isaac（1643〜1727）〈P．15〉
イギリスの物理学者・数学者・天文学者。数学分野では微積分法を、光学研究ではニュートンリングを発見。中でも、力学分野における「すべてのものは互いに引き合っている」とする「万有引力の法則」は、のちの物理学に多大な影響を与えた。

ビル・ゲイツ　William Henry GATES III（1955〜）〈P．16、141〉
世界最大のコンピュータ・ソフト会社マイクロソフトの創業者。米「フォーブス」誌が行っている世界長者番付で13年連続1位の座に就いており、その個人資産は推定10兆円以上である。一方で、慈善事業にも積極的で、自ら設立した団体「ビル・アンド・メリンダ・ゲイツ財団」を通して多額の寄付も行っている。その言動は各界に大きな影響を与え、1995年に出版された著書「The Road Ahead」（邦訳：ビル・ゲイツ未来を語る）はニューヨークタイムズ紙のベストセラーリストで7週連続1位を記録した。

イチロー（鈴木一朗）　Ichiro Suzuki（1973〜）〈P．29〉
アメリカメジャーリーグ（MLB）で活躍する日本人プレイヤー。2001年にMLBに移籍し、初年度に首位打者、盗塁王、新人王を獲得。2004年には262安打を放ち、ジョージ・シスラーの最多安打記録を84年ぶりに更新。日米通算で4367安打を放ち、2019年に惜しまれつつ引退した。

ジョン・ロックフェラー　John Davison Rockefeller（1839〜1937）〈P．38〉
アメリカの実業家。世界最大の石油会社「スタンダード・オイル社」を創設。その非情なまでの経営手法で多くの批判を受けたが、第一線から退くと慈善活動に専心。ロックフェラー財団の設立など多くの社会的貢献を果たした。その結果、2000億ドルにものぼると推測されたその資産も、彼の亡くなった時には、ほとんど底をついていたという。

松下幸之助 Kounosuke Matsushita（1894〜1989）〈P．41〉
松下電器産業（現・パナソニック）創業者。和歌山県の農家の三男に生まれ、小学校を4年で中退。丁稚奉公を経て、大阪電灯の工事担当者になり、22歳で独立。一代で会社を築き上げ、「経営の神様」と呼ばれた。口癖は「ところで、お客さんは喜びますか？」。

本田宗一郎 Souichirou Honda（1906〜1991）〈P．42〉
本田技研工業創業者。静岡県浜松で自動車修理工として成功した後、技術者に転身。「スーパーカブ」などを開発し、2輪車で世界のトップメーカーに。その後自動車業界にも進出し、世界的メーカーとなる。独創性を重んじ、技術開発に情熱を注ぎ続けた。

ヘンリー・フォード Henry Ford（1863〜1947）〈P．56〉
アメリカの自動車王。16歳で機械工になり、40歳のときにフォード・モーター・カンパニーを設立。そこで生産されたT型フォードは全世界で1500万台を売り上げ、絶頂期のフォード社は、アメリカ市場の51パーセントを占有した。ちなみにフォードはエジソン電気会社で主任技師を経験しており、エジソンとは生涯を通して大の親友であった。エジソンが息を引き取ったときに採取された「最後の息」は、フォードの死後、その遺品から発見され、現在はデトロイト市のフォード博物館に保存されている。

ハーブ・ケレハー　Herb Kelleher（1932〜）〈P．65〉
サウスウエスト航空創業者。顧客と従業員を楽しませることをモットーに型破りな経営を行い、同社を一流航空会社に仕立て上げた。ちなみに本文中の腕相撲勝負はチャリティイベントとしてマスコミに報道され、両社の大きな宣伝になると共に、慈善団体に1万五千ドルが寄付された。

ケインズ　John Maynard Keynes（1883〜1946）〈P．66〉
イギリスの経済学者。『雇用・利子および貨幣の一般理論』（1936）でそれまで信奉されていた古典経済学の考え方を覆す「マクロ経済学」を提唱。近代経済学に与えた衝撃的な影響は「ケインズ革命」と呼ばれた。また、ケインズは皮肉やユーモアに富んだ話をする魅力的な人間だったことでも知られている。古典経済学の中核をなす学説〝貨幣数量説〟を評していわく、「貨幣数量説は長期的に見れば正しい。でも、長期的に見れば我々はみんな死んでしまうよ」。

スティーブン・キング　Stephen Edwin King（1947〜）〈P．86〉
代表作に『シャイニング』『スタンド・バイ・ミー』『グリーン・マイル』などをもつ、アメリカの人気小説家。公立高校で英語の教師を務める傍ら、夜間や週末に執筆活動を行った。

手塚治虫　Osamu Tezuka（1928～1989）〈P．101〉
漫画家・アニメーター。『鉄腕アトム』『ブラックジャック』『火の鳥』『どろろ』など、多くの国民的作品を残し、マンガの神様と称されている。また、日本初の連続テレビアニメを制作するなど、テレビアニメの草分け的存在でもある。死の間際まで筆を執り続けた手塚の最期の言葉は「仕事をする。仕事をさせてくれ」。絶筆作品は『ネオファウスト』。

マリアナ海溝　Mariana Trench〈P．106〉
フィリピン東部沖にある世界一深い海溝。

カーネル・サンダース　Harland David Sanders（1890～1980）〈P．107〉
ケンタッキーフライドチキンの創業者。本名はハーランド・デーヴィッド・サンダース。通称の由来は「ケンタッキー・カーネル」というケンタッキー州に貢献した人に与えられる名誉称号より。「決して引退を考えずにできるだけ働き続けろ」「人間は働きすぎてだめになるより、休みすぎて錆付きだめになる方がずっと多い」というその言葉どおり、カーネルは生涯現役を貫いた人物としても知られている。

アイゼンハワー　Dwight David Eisenhower（1890～1969）〈P．108〉
アメリカの第34代大統領。ドイツのアドルフ・ヒトラーが造ったアウトバーン（高速道路）の効率性に強い感銘を受け、アメリカ国内に4万マイル以上もの幹線道路を敷く公共工事を実行。カーネル・サンダースの店はそのあおりを受けて潰れてしまったわけで、アイゼンハワーは別の意味で「ケンタッキーフライドチキン」の生みの親ともいえる。

リンカーン　Abraham Lincoln（1809〜1865）〈P．112〉
第16代アメリカ合衆国大統領。南北戦争に勝利し、奴隷解放の父と謳われた。ゲティスバーグ演説での「人民の人民による人民のための政治」という有名な台詞は、当時の牧師、セオドア・パーカーの著書からの引用であると言われている。

福沢諭吉　Yukichi Fukuzawa（1835〜1901）〈P．112〉
日本の思想家。慶應義塾大学の創設者。「天は人の上に人を作らず人の下に人を作らず」という一節で有名な彼の著書『學問ノスヽメ』は1872年に出版され、70万部を超える大ベストセラーになった。当時の日本国民の50人に1人がこの本を読んだ計算になる。

ナポレオン・ボナパルト　Napoléon Bonaparte（1769〜1821）〈P．16、123〉
フランスの軍人・政治家・皇帝。フランス革命で混乱する国内をまとめ上げ、近代フランスの基礎を作り上げた。「余の辞書に不可能の文字はない」の言葉は広く知られている。

シャネル　Coco Chanel（1883〜1971）〈P．124〉
ファッションブランド「CHANEL」を創業した、女性ファッションデザイナー。「どうして女は窮屈な服装に耐えなければならないのか」という疑問を抱き、女性に向けて、ジャージー素材を使用したシンプルで機能的なデザインの「シャネルスーツ」を発売、大成功を収める。シャネルの登場は、その後の女性の生き方を変えたとまで言われている。

ピーター・ドラッカー Peter Ferdinand Drucker（1909〜2005）〈P．126〉
経営学者・社会学者。現代経営学の発明者と呼ばれる。彼は著書の中で、何事かを成し遂げるのは、その人の持つ〝強み〟すなわち〝得意なこと〟によってだけだと説いている。また、彼は著書の中で、自分の強みを知るために、何かをやる前にあらかじめ期待する成果を書き出し、何か月後かにそれを実際の成果と比べることは非常に効果的で、自らそれを50年来行ってきている、と述べている。

マイケル・ジョーダン Michael Jeffrey Jordan（1963〜）〈P．126〉
アメリカの元プロバスケットボール選手。史上最高のプレイヤー、バスケットボールの神様と言われている。そのジャンプの滞空時間の長さから〝エアー（Air）〟の愛称を持つ。スポーツ用品メーカーと組んで発売したバスケットボールシューズ「エア・ジョーダン」シリーズは日本でも社会現象を巻き起こすほどの爆発的な売り上げを記録した。

リチャード・ブランソン Richard Branson（1950〜）〈P．132〉
イギリスの実業家。ヴァージン・グループの創始者。中古レコードの販売で成功し、ヴァージン・レコードを立ち上げ、大物ミュージシャンを輩出する一大レコードレーベルに成長させる。その後、移動手段に使う飛行機が「退屈で窮屈だ」という理由で、ヴァージン・アトランティック航空を設立。次々と斬新なアイデアを導入し成功を収めた。２００４年には新会社「ヴァージン・ギャラクティック社」を立ち上げ、宇宙観光事業にも参入している。

ノエル・ゴダン Noël-Godin（１９４５〜）〈P．１４１〉
パイ・アナーキスト。今までに50人以上の著名人にパイをぶつけてきたパイ投げのプロ。これまでの犠牲者は、アラン・ドロン（俳優）、ジャン＝リュック・ゴダール（映画監督）、マルグリット・デュラス（小説家）、ベルナール・アンリ・レヴィ（哲学者）、キャサリン・ドヌーブ（女優）、カール・ラガーフェルト（ファッションデザイナー）、ケニー・ロジャース（歌手）などなど。ターゲットとなる相手を選ぶときの基準は「Powerful（精力的）」、「Self-Importance（自尊心が強い）」、「Lacking of Humour（ユーモアのセンスがない）」。

ＨＴＭＬ（言語） Hyper Text Markup Language 〈P．１４２〉
ホームページを作成するための基本言語。

ヤフオク Yahoo! auction 〈P．１４３〉
Yahoo! JAPAN が提供するインターネットオークション（競売）サービス。正式名称 Yahoo! オークション。

トーマス・エジソン　Thomas Alva Edison（1847〜1931）〈P．16、147〉
アメリカの発明家。1870年代、電話機、蓄音機、白熱電球、発電機などを矢継ぎ早に発明。23歳の若さでニュージャージー州に工場を建てたエジソンは多くの工場労働者とともに「あの工場の時計には針がない」と言われるほど働き、短期間で100以上の特許を取得した。ちなみに、白熱電球のフィラメント（発光部品）は京都産の竹を材料にして完成され、京都の八幡駅前の広場にはエジソンの胸像が建てられている。

ウィリアム・シェイクスピア　William Shakespeare（1564〜1616）〈P．156〉
イギリスの劇作家。『ヴェニスの商人』『ロミオとジュリエット』などの傑作を多く残す。パトロン（支援者）であったエリザベスI世が死去し、自分の劇団の存続が危うくなると、次に即位したジェームズI世のために戯曲『マクベス』を書いて気に入られ、彼をパトロンにすることに成功した。マクベス王は実在の人物で、劇中では情け容赦ない非道な王として描かれているが、実際には善政を敷いた王であった。パトロンを得るために史実を脚色したのではないかと言われている。

富士急ハイランド　Fujikyu High-Land（1961〜）〈P．162〉
山梨県にある遊園地。ギネス記録を更新するため、5年おきに大型絶叫マシンが建設されると言われている。

チャールズ・リンドバーグ　Charles Augustus Lindbergh（１９０２～１９７４）〈P．１６５〉
アメリカの飛行家。１９２７年人類初となる大西洋単独無着陸飛行に成功。その際、重量超過を避けるため、単独で飛行し、パラシュートや無線機、六分儀など、必須ではない器材は搭載しなかった。その模様を描いた著書『翼よ、あれがパリの灯だ』でピューリッツァー賞を受賞。

孫子　Sunzi（紀元前5世紀ごろ）〈P．16、１６６〉
正式な名前は孫武。中国・春秋時代の兵法書『孫子』の作成者。その思想は世界中で多くの軍人に読まれ、フランス皇帝・ナポレオンも『孫子』を愛読していたといわれている。また、日本の戦国武将、武田信玄の旗印である「風林火山」も『孫子』の一節から引用したものである。

チュロス〈P．１８１〉
スペインの揚げ菓子。遊園地などで売られており、かなり甘い。

ロベルト・ゴイズエタ　Roberto Goizueta（１９３２～１９９７）〈P．１８３〉
世界最大の清涼飲料メーカー「コカ・コーラ」社の元最高経営責任者。在任期間中に同社の株価を35倍にしたことは伝説となっている。

ウォーレン・バフェット　Warren Edward Buffett（１９３０～）〈P．１８４〉
アメリカの株式投資家。新聞配達で貯めたお金で11歳のときから投資を始め、９兆円の資産を築き上げた。

世界長者番付で常に上位を争っている、マイクロソフト社CEOのビル・ゲイツとは親友関係。ちなみに、コーラを1日に6本飲むほどのコーラ好きである。

アンドリュー・カーネギー　Andrew Carnegie（1835〜1919）〈P．192〉
アメリカの実業家。カーネギー製鋼会社で大成功を収め、鉄鋼王と呼ばれる。その成功のノウハウをまとめた〝ナポレオン・ヒル・プログラム〟は日本でも有名である。事業で成功した後、教育や文化活動に多くの寄付を行ったことから、慈善活動家としてもよく知られている。

モーツァルト　Wolfgang Amadeus Mozart（1756〜1791）〈P．16、202〉
世界的に有名なクラシック作曲家の一人。偉大な先達の音楽を自分の中に模倣し、取り入れることで作曲家として大成、700以上の作品を生み出した。22歳の時に父宛てに出した手紙に次のような一節がある。「ぼくはどんな種類や様式の作曲でも、（自分の作品の中に）かなり上手に取り入れたり、模倣したりすることができます」

サム・ウォルトン　Sam Walton（1918〜1992）〈P．203〉
アメリカの実業家。世界で5000店舗以上を数える小売店「ウォルマート」の創業者。たとえ家族旅行中でも、スーパーを見つけると必ず立ち寄るという店舗視察（ストア・コンパリゾン）を徹底したことでも有名。少年時、雑誌売りなどで貧しかった家計を助けるなどの苦労を経験した彼は、奨学金制度などの慈善事業にも積極的だったと言われている。

スティーブ・ジョブズ　Steven Paul Jobs（1955〜2011）〈P．203、279〉
世界的コンピューターメーカー「アップル」の創業者の一人。その行動に世間の注目が集まる、経営のカリスマである。自らがスカウトしたジョン・スカリーにアップル社を追い出された時期もあったが、再びアップル社に戻ると、「iMac」や「iPhone」を世に送り出し、倒産寸前まで傾いていた会社の経営を大幅に立て直した。

チャールズ・ダーウィン　Charles Robert Darwin（1809〜1882）〈P．211〉
イギリスの自然科学者。進化論の提唱者。ダーウィンが本文に書かれているようなカブトムシの熱心な収集家であったのは、幼少時ではなく、ケンブリッジ大学在学中のことである。彼は同じ場所に住んでいるのにもかかわらず、雌雄で大きく形の違うカブトムシからヒントを得て、「性淘汰」という有名な説につながるアイデアを思いついたという。

タイガー・ウッズ　Eldrick "Tiger" Woods（1975〜）〈P．220〉
アメリカのプロゴルファー。元グリーン・ベレーの父とタイ人の母の間に生まれる。21歳でプロになり、別次元ともいえる強さで数々のメジャー大会の最年少優勝記録を塗り替えた。また「タイガー・ウッズ基金」を設け、恵まれない子どもたちへの慈善活動も行っている。

アルベルト・アインシュタイン　Albert Einstein（1879〜1955）〈P．220〉
理論物理学者。ユダヤ人としてドイツに生まれる。$E=mc^2$という関係式であらわされる〝特殊相対性理論〟の提唱者として有名。1922年に来日し、アインシュタイン・フィーバーを巻き起こす。日本滞在中、友好的で共感の気持ちが強く、絆を大切にする国民性に触れた彼は、大の親日家になった。

アルバート・セント・ジョルジ Szent-Gyorgyi Albert（1893〜1986）〈P．230〉
ハンガリー出身の科学者。ビタミンCとフマル酸触媒関連で得た発見により1937年度のノーベル生理学医学賞を受賞。また筋肉の研究でも有名であり、著書『筋収縮の科学』は多くの日本人科学者に影響を与えた。

TSUTAYA〈P．239〉
DVD、CD、書籍、ゲームのレンタル・販売ショップ。

イワン・ツルゲーネフ Ivan Sergeyevich Turgenev（1818〜1883）〈P．240〉
19世紀のロシアを代表する小説家の一人。著書『猟人日記』で当時のロシアの農奴制を糾弾し、当局によって逮捕・投獄される。その後も多くの社会的なテーマ性を持った作品を残し、当時のロシアの民衆から絶大な支持を受けた。

ドラゴンクエスト〈P．252〉
ゲームソフト。通称・ドラクエ。日本のロール・プレイング・ゲームの草分け的存在。

マーティン・ルーサー・キング　Martin Luther King, Jr.（1929～1968）〈P．278〉
アメリカの黒人公民権運動のために尽力した牧師。非暴力主義の人種差別撤廃運動を推し進め、ノーベル平和賞を受賞。39歳の時、遊説中に白人男性によって暗殺された。有名な"I have a dream"のスピーチは日本の教科書や英語教材に広く使われている。

ジョン・スカリー　John Sculley（1939～）〈P．279〉
アメリカの実業家。ペプシコーラの社長、アップル・コンピューターの社長、最高経営責任者を歴任。ペプシ時代にペプシ・コカコーラ戦争でペプシを勝利に導いた手腕を評価され、スティーブ・ジョブズによってアップルに引き抜かれる。Quick time技術とあわせてマルチメディアブームを築き上げた。

ライト兄弟　Wilbur Wright（1867～1912）Orville Wright（1871～1948）〈P．284〉
飛行機の発明者。1903年、「ライト・フライヤー」号で人類初の有人動力飛行に成功。彼らについては空へのロマンの話が強調されがちだが、法外な特許ライセンス料を他の航空機メーカーに請求するなどの一面もあった。

グレン・カーチス　Glenn Hammond Curtiss（1878～1930）〈P．285〉
アメリカ航空界の先駆者。ライト兄弟のライバルとして知られている。自転車レーシングチームのレーサーだった彼は、好きが高じて自転車屋を開業。そのうちオートバイを販売し、オリジナルのエンジンを作るようになっていった。そして、ついには飛行機のエンジン開発を手がけ、グラハム・ベルの航空機メーカーにエンジンを提供するまでになった。

エステル・ゴランタン　Esther Gorintin（1913〜2010）〈P．295〉
ヨーロッパの女優。85歳でオーディションに合格し映画女優としてデビュー。90歳を目前にして初の主演作『やさしい嘘』で高い評価を受け、91歳のときに初来日した。他の出演作に『めざめ』など。

フロイト　Sigmund Freud（1856〜1939）〈P．316〉
オーストリアの精神分析学者。人間の〝無意識〟状態に注目し、精神分析学を確立した。著書『夢判断』は100年以上経った今も版を重ね続けている。毎日葉巻を20本以上吸うヘビースモーカーで、友人や医師宛ての手紙から、その生涯で何度も禁煙に挑戦したことが知られている。ちなみにその禁煙最長記録は14か月だった。

釈迦　zaakya（紀元前463～同383　※諸説あり）
仏教の開祖。本名、ガウタマ・シッダールタ。生まれた直後に七歩歩いて、右手で天を、左手で地を指し、「天上天下唯我独尊（この広い宇宙で、人間だけがなすことのできる尊い使命がある）」と言ったと伝えられている。

ガネーシャ　gaNeza（?·?·?·?·?）
人間の身体と象の頭、四本の腕を持ったインドの大衆神。障害を取り除いたり、財産をもたらしたりするといわれる。また、徹底的な現世利益の神としても知られている。インドでは人々に最も親しまれている神である。

参考文献

「成功者たち——米国ビジネス界のピーク・パフォーマーズ」チャールズ・ガーフィールド（平凡社）
「ビジネスを変えた7人の知恵者」ジェフリー・A・クレイムズ（角川書店）
「破天荒！　サウスウエスト航空—驚愕の経営」ケビン・フライバーグ　ジャッキー・フライバーグ（日経ＢＰ社）
「ビル・ゲイツになってやる！」サクセス・マガジン編集部（フロンティア出版）
「バビロンの大富豪」ジョージ・Ｓ・クレイソン（キングベアー出版）
「大富豪になる人の小さな習慣術」ブライアン・トレーシー（徳間書店）
「となりの億万長者」トマス・Ｊ・スタンリー他（早川書房）
「お金から自由になる法則」ボード・シェーファー（ダイヤモンド社）
「原因と結果の法則」ジェームズ・アレン（サンマーク出版）
「入門経済思想史　世俗の思想家たち」ロバート・Ｌ・ハイルブローナー（ちくま学芸文庫）
「ありきたりの毎日を黄金に変える言葉」ジョン・Ｃ・マクスウェル（講談社）
「ビジョナリー・カンパニー」ジェームズ・Ｃ・コリンズ他（日経ＢＰ出版センター）
「ファッションデザイナー　ココシャネル」実川元子（理論社）
「プロフェッショナルの条件」Ｐ・Ｆ・ドラッカー（ダイヤモンド社）
「明日を支配するもの」Ｐ・Ｆ・ドラッカー（ダイヤモンド社）
「富をもたらす習慣、失う習慣」オリソン・Ｓ・マーデン（ソフトバンククリエイティブ）
「さあ！今日から成功しよう」ナポレオン・ヒル（きこ書房）
「思考は現実化する」ナポレオン・ヒル財団アジア／太平洋本部（きこ書房）

「道は開ける」デール・カーネギー（創元社）
「私のウォルマート商法」サム・ウォルトン（講談社）
「孫子」（岩波文庫）
「65歳から世界的企業を起こした伝説の男　カーネルサンダース」藤本隆一（産能大学出版部）
「天才の勉強術」木原武一（新潮社）
「大人のための偉人伝」木原武一（新潮社）
「続　大人のための偉人伝」木原武一（新潮社）
「あの偉人たちを育てた子供時代の習慣」木原武一（ＰＨＰ研究所）
「天才ほどよく悩む」木原武一（ネスコ）
「ひらめきを富に変える天才、ひらめきをドブに捨てる普通人〜天才の発想術〜」シドニー・ショア（インターメディア出版）
「ヴァージン」リチャード・ブランソン（ＴＢＳブリタニカ）
「ライト兄弟の秘密」原俊郎（叢文社）
「せかい伝記図書館」（いずみ書房）
「コンサイス外国人名事典」（三省堂）
「ロバート・アレンの実践！億万長者入門」ロバート・アレン（フォレスト社）
「アインシュタイン１５０の言葉」ジェリー・メイヤー&ジョン・Ｐ・ホームズ（ディスカバー21）
「マンガ　ウォーレン・バフェット」森生文乃（パンローリング）
「本田宗一郎　夢を力に」本田宗一郎（日本経済新聞社）
「限りなき魂の成長」ジョン・Ｐ・コッター（飛鳥新社）
「歓喜天とガネーシャ神」長谷川明（青弓社）

本作品は２００７年８月に飛鳥新社より発行
された単行本に加筆・修正を加えたものです。

水野敬也（みずの・けいや）

愛知県生まれ。慶應義塾大学経済学部卒。著書に『夢をかなえるゾウ』シリーズ、『人生はニャンとかなる！』シリーズほか、『運命の恋をかなえるスタンダール』『顔ニモマケズ』『サラリーマン大喜利』『神様に一番近い動物』『たった一通の手紙が、人生を変える』『雨の日も、晴れ男』『四つ話のクローバー』『ウケる技術』など。また、鉄拳との共著『それでも僕は夢を見る』『あなたの物語』『もしも悩みがなかったら』、恋愛体育教師・水野愛也として『ＬＯＶＥ理論』『スパルタ婚活塾』、映像作品ではＤＶＤ『温厚な上司の怒らせ方』の企画・脚本、映画『イン・ザ・ヒーロー』の脚本を手掛けるなど活動は多岐にわたる。

公式ブログ「ウケる日記」https://ameblo.jp/mizunokeiya/

Twitter アカウント　@mizunokeiya

夢をかなえるゾウ1

２０２１年４月13日　第１刷発行
２０２３年２月10日　第３刷発行

著　者　水野敬也
発行者　山本周嗣
発行所　株式会社　文響社
〒１０５-０００１
東京都港区虎ノ門２丁目2-5
共同通信会館９Ｆ
ホームページ　http://bunkyosha.com
お問い合わせ　info@bunkyosha.com

編　集　畑北斗
印刷・製本　中央精版印刷株式会社
絵　矢野信一郎
装　丁　池田進吾・千葉優花子（next door design）

 ISBN 978-4-86651-351-5

ガネーシャの教えにより、本書著者印税のうち10%は慈善団体に寄付されます。